L'Aventure du grand voyageur

ou

un curieux exploit de

Sherlock Holmes

Sherlock Holmes et Rennes-le-Château

Le Code de la propriété intellectuelle n'autorisant, aux termes de l'article L. 122-5, 2° et 3°a), d'une part, que les « copies de reproductions strictement réservées à l'usage privé du copiste et non destinées à une utilisation collective » et, d'autre part, que les analyses et les courtes citations, dans un but d'exemple ou d'illustration, « toute représentation ou reproduction intégrale ou partielle faite sans le consentement de l'auteur ou de ses ayants droit ou ayants cause, est illicite » (art. L. 122-4). Toute représentation ou reproduction, par quelque procédé que ce soit, contribuerait donc à une contrefaçon sanctionnée par les articles L. 355-2 et suivants du Code de la propriété intellectuelle.

© 2012 LES ÉDITIONS DE L'OEIL DU SPHINX
ISBN : 2-914405-78-2
EAN : 9782914405782
ISSN de la collection : 1768-5648
Dépôt Légal : Février 2012
Conception : plaisibook
L'illustration de couverture est de Sydney Paget
Le Frontispice est de Patrick Dumas ©

Yves Lignon

L'Aventure du grand voyageur

ou

un curieux exploit de

Sherlock Holmes

Sherlock Holmes et Rennes-le-Château

Collection Serpent Rouge numéro 25

...PRÉFACE...

Longtemps, Yves Lignon nous a tenu la main sur les chemins du mystère. Il nous a guidé dans des limbes périlleux entre la vie et la mort. Il nous a fait visiter les laboratoires de l'impossible. Il nous a présenté des exorcistes, des médiums et des voyants. Il a amadoué pour nous quelques sorciers, rebouteux et guérisseurs. Il nous a appris à murmurer à l'oreille des fantômes.

Il l'a fait avec des livres passionnants qui étaient les récits de ses aventures de parapsychologue, un drôle de job où l'on doit garder la rigueur du scientifique alors même que la raison semble perdre la boule.

Il l'a fait, aussi notamment à la radio, avec la gourmandise du conteur, en nous faisant savourer les suspenses et les anecdotes, en y mettant du sel du poivre, comme dans sa barbe, avec en prime la dose exacte de fumée de pipe nécessaire pour épaissir les mystères !

Yves Lignon a aussi courageusement fait la chasse aux fausses sorcières et aux vrais escrocs. Car hélas, il y a toujours des marchands de vent prêts à donner, moyennant finances, les réponses que ceux qui souffrent veulent entendre. Dans le monde incertain de l'étrange, c'est son honneur d'avoir toujours eu l'honnêteté comme boussole absolue et la rigueur comme viatique.

Cette fois, nous allons le suivre dans son jardin secret à travers une savoureuse énigme.

Résoudre une équation à plusieurs inconnues ? Quel casse-tête ! Alors une équation à plusieurs connus, et même très connus, c'est un tour de force. Mais Yves Lignon est un matheux et un problème aussi trapu devait le faire saliver : rassembler dans un même récit Sherlock Holmes, l'abbé Saunière, Georges Labit, le sculpteur Giscard et même (en le tirant un peu par les cornes !), Claude Nougaro, c'était une expérience aux vraies limites de l'étrange ! Avec cette « dream team » à sa main, Yves Lignon nous combine une drôle d'histoire où les zélateurs de Conan Doyle, les amoureux du Vieux Toulouse, les décortiqueurs d'histoire locale, les occultistes invétérés se promèneront comme chez eux, entre vérités et clins d'oeils, entre éléments historiques et pirouettes de fiction, entre anecdotes authentiques et purs délires d'un amateur irraisonné de tabac hollandais !

Et, puisque cet auteur nous avertit que nous allons croiser dans cette aventure quelques hommes de petite taille, je vous mets en garde contre celui qui s'y promène, en filigrane, avec sa casquette, sa pipe, son vélo et sa barbe, et qui la raconte en y prenant un plaisir indicible. Avec lui, vous allez vous régaler, il y a du moins de très fortes probabilités dans ce sens. C'est l'ami d'un statisticien qui vous l'assure !

Dominique Delpiroux.

DE YVES LIGNON À...

LINYON ST. YVES !

J'ai rencontré Marie-Christine et Yves Lignon en 1995 à l'occasion d'une croisière à thème sur le Paranormal qui nous a mené de Nice à la Grèce et où Yves et moi faisions partie des intervenants. Un bienheureux hasard nous a fait nous retrouver voisins de table dès le premier soir et, pour résumer, on peut dire que le courant est passé instantanément...

Depuis ce jour, nous sommes restés très proches tous les trois et Yves et moi avons été assez régulièrement impliqués dans des projets communs, le plus important jusque-là étant le livre *Les énigmes de l'étrange* (co-signé avec un troisième mousquetaire, l'ami Jocelyn Morisson) en 2005, qui a connu un succès plus qu'honorable. Je dois aussi à Yves et Marie-Christine un changement passablement radical dans ma vie personnelle le jour où ils m'ont fait découvrir le village de Rennes-le-Château en juillet 2004...

Mais Yves ne se contente pas d'être un universitaire passionné par des choses qui dérangent l'Université, doublé d'un écrivain et d'un vrai professionnel de la communication à la radio et à la TV, c'est aussi un personnage romanesque par nature. Il fait partie de ces gens qui débordent naturellement du cadre de vie du commun des mortels et dont sont friands les auteurs écrivant autre chose que de la littérature pour bobos bon chic bon genre et portés sur le nombrilisme.

Ce trait n'a évidemment pas échappé à certains et Yves a servi a plusieurs reprises comme "source d'inspiration" pour des personnages de romans ou de série TV (*Disparitions* sur FR3 en 2008, par exemple). Et il ne m'avait pas non plus échappé à moi, bien sûr.

Mais, à la différence de mes estimés confrères, j'ai décidé de prendre les choses à bras-le-corps et de faire une véritable transposition en BD de Yves Lignon sous ses propres traits, ou presque, et sous le nom transparent de Linyon St. Yves, professeur de mathématiques britannique au caractère bien trempé, spécialisé dans la parapsychologie et bête noire du monde académique londonien des années 1920. Et en intégrant Yves à l'univers de Harry Dickson, le "Sherlock Holmes américain" de l'occulte installé au 221B Baker Street, je faisais coup double, Yves étant aussi, comme le montre le présent ouvrage, un passionné de toujours de l'œuvre de Conan Doyle...

C'est ainsi qu'en 2003, Linyon St. Yves fait une première apparition en guest-star l'espace de quelques planches du *Secret de Raspoutine*, le T.9 de la série *HARRY DICKSON* de chez Soleil (scénarisée par moi et dessinée par Olivier Roman) avant d'intégrer le cercle très restreint des personnages principaux dans *La sorcière du Kent* (T.10, 2004). Occupé ailleurs, il manque l'affrontement en Amérique du Sud avec *Le Semeur d'Angoisse* (T.11, 2005) mais revient en grande forme dans *Le Diable du Devonshire* (T.12, 2008) pour y rencontrer avec Harry Dickson, et dans un moment qu'il faut bien qualifier d'historique, rien moins que Sherlock Holmes et Conan Doyle en personne ! Enfin, en attendant la prochaine aventure, c'est grâce à lui que la série se transporte momentanément en France en 2009 pour une chasse mouvementée au Graal dans le T.13, *L'héritage maudit de Rennes-le-Château*… Aucun doute possible, le mélange détective de l'Occulte à la Harry Dickson + univers holmésien constitue une niche écologique parfaitement adaptée à l'épanouissement de cet étrange animal qu'est le *Yves Lignon/Linyon St. Yves*…

Quand il s'est vu pour la première fois dans *Le secret de Raspoutine*, Yves m'a dit que j'avais, sans le savoir, concrétisé d'un coup de baguette un de ses rêves d'enfant : devenir un jour un personnage de BD. Rien de plus naturel en fin de compte car on sait bien que les raconteurs d'histoires que nous sommes sont un peu des sortes de magiciens dans leur genre…

Comme l'est par exemple Yves Lignon quand il fait revivre dans les pages une Toulouse quelquefois hors du cours du temps et sur laquelle plane le mystère de la mort en 1899 de l'étonnant Georges Labit. Une mort à laquelle Sherlock Holmes va trouver des explications insoupçonnées des contemporains… Mais on n'en attendait pas moins de lui, n'est-ce pas ?

Richard D. Nolane.

AU LECTEUR

Se souciant délibérément peu d'exactitude chronologique et désireux de jouir pleinement de sa liberté d'écriture, l'auteur a choisi souvent – sinon constamment – de faire se mouvoir ses personnages dans le Toulouse qu'il a connu dans sa jeunesse ou connaît aujourd'hui et non dans celui de 1899.(*) Il prie donc, par avance, les « Amis du Vieux Toulouse » de bien vouloir accepter ses regrets s'ils devaient, peut être, éprouver quelque déception. Cette manière de faire confirmera, pour le moins, que ce texte est une œuvre de pure fiction quoique (comme les associations d'études holmesiennes le clament dans toutes les langues) Sherlock Holmes, le Docteur Watson et le Professeur Moriarty aient bel et bien existé. Tout autant, d'ailleurs, que le cocher Carsalade, Bernard Giscard, MM. Labit père et fils, le Docteur André Malacan, le petit homme à l'allure de taureau et, bien entendu, le curé Bérenger Saunière. Le Cardinal de Sèvres et le Révérend Nolane, pour leur part, continuent de se dévouer au service des âmes avec un zèle qui mérite le respect.

(*) De plus, pour la description du Toulouse de la fin du XIXe siécle, certains des ouvrages consultés se contredisent.

NOTE BIBLIOGRAPHIQUE

Le texte qu'on va lire est celui d'un manuscrit du Docteur John H. Watson, remis peu avant le décès de l'auteur en 1929 au rédacteur en chef du « Strand Magazine » dans une enveloppe portant la suscription : « Pour parution seulement après que j'ai donné mon consentement définitif. W. » Cette formalité n'ayant pas pu être remplie, les éditeurs du « Strand » prirent l'avis de leur solicitor, l'honorable Terry Crane, et suivant ses conseils remirent le document à la Société des Arts et Sciences de Carcassonne qui l'archiva. Exhumé, vers 1970, par le regretté R.D, secrétaire perpétuel de cette savante compagnie, c'est avec l'obligeante permission des héritiers de celui-ci que cet inédit est proposé au public. Nous remercions également M. Rémy Craftoward, interprète diplômé de l'université de Miskatonic, pour sa prise en charge de la traduction.

Les documents Watson à la Société des Arts et des Sciences de Carcassonne.

RÉSUMÉ DES CHAPITRES PRÉCÉDENTS

Dans la nuit du 31 octobre au 1ᵉʳ novembre 1897 Antoine Gélis, curé de Coustaussa (évêché de Carcassonne, département de l'Aude) était sauvagement assassiné dans son presbytère. La Justice ne parvenant pas à retrouver les coupables, la hiérarchie catholique fit appel à Sherlock Holmes qui accepta de se rendre sur place, accompagné du fidèle Watson.

Au cours de son enquête, le célèbre détective eut l'occasion de rencontrer, en tête à tête, un autre prêtre qui commençait à faire parler de lui, Bérenger Saunière, desservant de la paroisse voisine de Rennes-le-Château. Holmes garda pour lui le contenu de l'entretien n'en parlant à Watson que par brèves allusions.

Ces faits ont été rapportés en détail dans « L'Aventure des curés fortunés » signé Jean-Paul Cabot, un des textes de l'anthologie « Rêves de Razès » (éditions de l'Oeil du Sphinx, 2009).

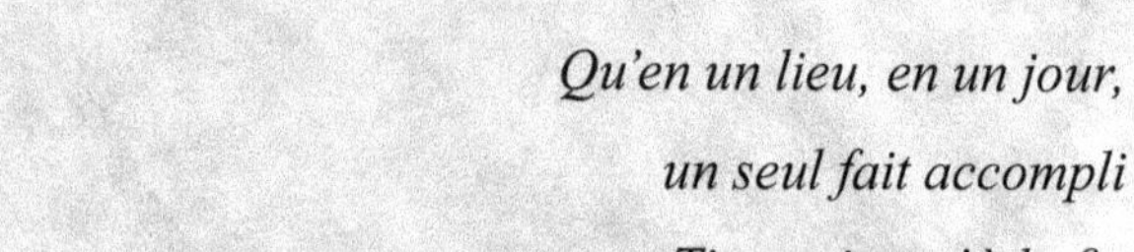

Qu'en un lieu, en un jour,
un seul fait accompli
Tienne jusqu'à la fin
le théâtre rempli.

Nicolas Boileau-Despréaux,
Art Poétique, (1674)

Acte 1

Scène 1

En cette fin de janvier, je m'en souviens parfaitement, le ciel de Londres demeurait obstinément gris et les trottoirs ne parvenaient pas à se débarrasser des restes de cette boue neigeuse qui semble sale par nature. Je me félicitais de ne devoir sortir que rarement puisque, pour débuter l'année, j'avais laissé une grande partie de mes malades aux soins de mon confrère Richard Starkey. Bien qu'encore jeune, son expérience acquise en tant que médecin sur un baleinier me permettait de dormir sur les deux oreilles et je voulais disposer de mes journées. Je ne suis ni écrivain, ni journaliste, simplement devenu chroniqueur grâce à un remarquable concours de circonstances. Porter à la connaissance du public une sélection des enquêtes qui virent triompher Monsieur Sherlock Holmes est une tâche on ne peut plus passionnante que je ne sais mener à bien que lentement. N'ayant rien fait paraître depuis l'annonce – qui heureusement devait se révéler fausse – de la mort de mon ami, lecteurs et éditeurs me pressaient, ce qui me conduisit à m'attaquer à la rédaction du compte-rendu de l'enquête, particulièrement traumatisante, de l'automne 1888 dans le Devon. Sachant que je n'en viendrai pas à bout sans y consacrer l'intégralité de mes loisirs durant toute une année, j'avais calculé qu'un bon mois et demi de congé professionnel me serait nécessaire pour procéder à la mise en ordre préalable de mes notes et il ne me restait au mieux qu'une quinzaine de jours.

Durant cette période, Holmes, pour sa part, avait été très occupé. Sitôt démasqué le saboteur du dirigeable expérimental de l'ingénieur palombien Matatoros-Conlanariz, il récupéra, avec une identique célérité, diverses notes scientifiques appartenant au biologiste Karl Pearson, d'University Collège. Auteur d'une méthode mathématique révolutionnaire (appelée curieusement « le critère d'ajustement » et devant primitivement servir à tester les hypothèses du moine Mendel), cet honorable universitaire craignait un vol commis par un collègue jaloux alors qu'il s'agissait d'une erreur de rangement due à cette forme de distraction très répandue chez les gens de science. Depuis, mon ami se rendait quotidiennement à l'ambassade de Ruritanie pour dépouiller les dépêches en provenance de ce pays balkanique. Il m'avait appris qu'« on » soupçonnait un mercenaire du nom de Rupert de Hentzau de préparer, là-bas, un coup d'état dans les jours précédant le proche couronnement royal. « On » ne pouvait que désigner son frère Mycroft Holmes dont mes plus fidèles lecteurs savent qu'il mène, à la requête expresse de notre gouvernement, des activités discrètes auxquelles le « Diogenes Club » sert de paravent.

Ce jour là, en rentrant, Holmes se jeta comme à son habitude sur les journaux puis me demanda si l'audition de morceaux de violon ne me dérangerait pas.

Préférant bénéficier de son talent à cette heure plutôt que nuitamment, je fis le signe de la main qu'il espérait avant de replonger dans mes fiches et il ne rangea son instrument qu'au bout d'une heure pour se mettre à dépouiller son courrier. Prévoyant l'arrivée prochaine de notre logeuse, Mrs Hudson, avec le repas du soir, je terminais, de mon côté, le classement de mes papiers quand je le vis, du coin de l'œil, parcourir une lettre à plusieurs reprises tout en marmonnant en sourdine : « Il insiste… Bon, puisqu'il y tient tellement et que tout de même la question est d'importance… ». Ce n'est qu'en repliant la feuille qu'il éleva la voix à mon intention : « Dites moi, Watson… ».

Londres sous la neige à la fin du 19eme siècle.

Scène 2

— Dites moi Watson, vos travaux d'écriture peuvent patienter un peu plus, quoi que vous en disiez, et j'en ai assez fait pour laisser le « Diogenes club » se débrouiller tout seul… Je sais que si vous n'avez guère avancé dans la pratique de la langue française, depuis le temps où je vous voyais tenter de lire dans le texte les *Scènes de la Vie de Bohême*, la dernière fois vous vous en êtes bien sorti. Que diriez-vous de retourner non loin de ce petit coin de France que nous avons arpenté en 1897 ? J'ai besoin de vous, mon ami.

— Retourner dans la région de Carcassonne ? Pourquoi ? Vous avez exigé que, dans l'attente de la prescription, le dossier du meurtre du curé Gélis soit juridiquement classé et il l'est. D'aucuns y voient une tache sur votre réputation. Je sais qu'ils se trompent et se tromperont tant que vous ne m'autoriserez pas à publier la vérité [1]. Dans l'attente qu'irions nous faire de nouveau là-bas ?

— Il ne s'agit pas de Carcassonne, pour cette fois, mais de Toulouse, la métropole voisine. Georges Labit, l'auteur de la lettre que voici, y demeure et désire me rencontrer.

— Vous rencontrer ? La belle affaire, Holmes, ce Labit sait-il seulement qu'une litanie de miles sépare Londres de son domicile ? Et d'abord, si je peux me le permettre, étant admis qu'il semble que je doive vous accompagner, pourquoi veut-il vous voir ?

— Oh, en ce qui concerne la géographie, l'homme ne dissimule pas ses compétences. Que ce soit pour son simple plaisir, pour prendre part aux affaires de son père qui tient un important commerce, ou mandaté par les notables de sa ville, il a sillonné une bonne partie de la planète, Extrême-Orient inclus. Georges Labit est indiscutablement un grand voyageur. Cette lettre de lui est la cinquième. Il attend que je lui fournisse une explication de vive voix.

— Une explication venant de vous, de vive voix… Vraiment… et sur quel sujet si considérable, s'il vous plaît ? D'ailleurs si ce français aime exagérément les odyssées pourquoi ne se déplace-t-il pas ? Pourquoi, à la rigueur, n'utilise-t-il pas ces moyens modernes grâce auxquels on peut converser à distance ?

— Très simplement parce qu'il prépare son proche mariage, mon cher Watson, et parce que je me méfie de l'invention de M. Graham Bell. Tout cela serait resté de l'ordre de ces vétilles auxquelles je ne donne pas suite si, dans ses dernières correspondances, Georges Labit ne s'était montré plus précis. Il veut

---

[1] Voir Jean-Paul Cabot : « L'aventure des curés fortunés » in *Rêves de Razès*, éditions de l'Oeil du Sphinx, 2009.

m'entretenir de Rennes-le-Château.

— Nous voilà bien. Je me souviens, évidemment, qu'au cours de notre enquête sur la mort de Gélis vous avez rencontré un autre curé, celui de ce village proche, le dénommé Bérenger Saunière. Lequel aurait consenti à partager avec vous un secret dont la divulgation, selon vos propres termes, mettrait en danger l'Eglise Catholique. Vous connaissez assez mon esprit rationnel, Holmes. Il ne rend pas de points au vôtre bien que n'ayant pas le même genre d'occupations. Si j'admets sans difficulté que Saunière a pu vous prendre pour son confesseur, je vois mal comment et pourquoi vous vous laissez entraîner dans une interprétation rocambolesque de ce qui vous a été raconté.

— Parce qu'il y a rationnel et rationnel, Watson. Si vous le rappelez sans que je le demande, je n'oublie pas, moi, que je ne vous ai rien livré des révélations de Saunière. Rien livré à vous, l'être humain en qui j'ai le plus confiance. Vous faut-il une preuve supplémentaire du caractère exceptionnel de ce que j'ai appris ?

— Mettons cette question de côté, je vous prie, et revenons à Georges Labit. Quelle place tient-il dans tout cela ?

— Oh ce n'est pas compliqué. Au cours de l'un de ses périples il a croisé un notable qui, ultérieurement, lui a appris devoir se rendre à Rennes-le-Château en suggérant que ce serait dans le but de remplir une mission spéciale. J'appréhende des fuites bien que Georges Labit, à mon sens, ne sache probablement rien de solide tout en ayant fait preuve d'assez d'intelligence pour juger l'anecdote insolite et hors du commun. Je me dis, de mon côté, que si des informations vagues filtrent, une organisation criminelle bien structurée peut chercher à en apprendre plus et là… D'où ma volonté de ne rien négliger.

— Ah pardonnez moi Holmes. Malgré votre solide entêtement, je persiste à émettre les plus extrêmes réserves quant à la nature exacte du fameux secret et je m'en tiens à une réalité de notoriété publique : ce curé Saunière dépense des sommes d'argent dont le total est incompatible avec le montant du traitement qui lui est versé par la République Française. Une manne financière d'origine non identifiable, pourquoi pas douteuse… voilà qui aurait pu, autrefois, attirer l'attention d'un spécialiste du chantage à grande échelle tel que le Professeur Moriarty ; attirer l'attention à ses heures perdues, si je peux m'exprimer ainsi, car cet abominable bandit préférait se vouer à des entreprises d'une toute autre ampleur. Seulement ce Napoléon du Crime est mort en ayant tenté en vain de vous entraîner dans un précipice des montagnes suisses.

— Vous y voilà enfin. Du moins en partie. Vous avez bien publié le récit circonstancié de ma disparition tragique et je me tiens à vos côtés plus vivant que jamais. Qui vous dit que Moriarty ne m'a pas imité en réussissant à sortir du gouffre de Reichenbach ? Qu'il n'a pas reconstitué sa toile d'araignée et que, secret ou argent – si vous y tenez tant laissons ce débat de côté pour le moment – son intelligence méphistophélique ne rôde pas autour de Rennes-le-Château ?

— Là, Holmes, vous en faites trop. Moriarty n'a plus fait parler de lui depuis huit ans ce qui prouve, absolument, qu'on ne ramènerait pas au jour plus mort que lui en ouvrant toutes les tombes du cimetière de Highgate. Lucifer doit se réjouir de l'avoir quotidiennement à sa table tandis que, Dieu merci, vous et moi résidons en ce bas monde et pour longtemps, j'espère. En un mot, n'étant pas spirite, ne croyant ni aux médiums, ni aux revenants, je vous prie de reprendre au début… Comment Georges Labit a-t-il eu l'idée de recourir à vous ?

— Je ne concevrai jamais que vous puissiez vous poser ce genre de question. D'où vient mon renom ? De votre prose dans le « Strand Magazine » qui compte Georges Labit parmi ses abonnés. Vous en savez autant que moi maintenant. J'ai averti que je ne me déplacerai qu'en votre compagnie et, cette clause ayant été acceptée, des billets de première classe pour le continent nous attendent à l'agence Thomas Cook de St Pancras. Les deux ou trois jours dont j'ai besoin pour me remémorer ce qu'il faut connaître de Toulouse et des Toulousains vous laissent la liberté de prévenir Starkey qu'il devra temporairement se débrouiller seul. Alors puis-je compter sur vous ?

Holmes ne doutait pas de ma réponse. À peine le repas expédié je m'attelais à la confection de mes bagages.

Acte 2

*« VENC TOT DREIT LA PEIRA
LAI ON ERA MESTIERS »*

Scène 1

Nous descendîmes du train à Toulouse vers 7 h du matin après une nuit entière passée, depuis Paris, dans un compartiment au confort acceptable pour deux gentlemen britanniques. Devant nous s'étendait un parvis aussi vaste que celui de Charing Cross, mais dépourvu du moindre monument. Je venais à peine de remarquer, un peu plus loin, un pont enjambant un canal qui coulait paisiblement entre deux rangées d'imposants platanes quand une forte bourrasque nous atteignit de plein fouet.

« Tiens l'Autan, commença Holmes, les Toulousains disent également le vent des fous. Si vous refusez d'être pris pour l'un de ces malheureux, cessez de vous cramponner des deux mains à votre chapeau. Il ne risque pas grand-chose car cet Autan-là ne souffle que par rafales. Le nom vient de l'occitan. Vous vous souvenez que, par ici, cette langue a précédé le français et qu'elle est restée celle de nombreux habitants… Nous sommes bien en Occitanie, Watson, et vous avez le privilège d'en contempler l'un des fleurons. Je n'exagère pas en vous disant que le canal du Midi, que nous voyons là, appartient au patrimoine de l'humanité. Ce chef d'œuvre en son genre est dû à la volonté et à l'intelligence d'un mécène dont le nom, Pierre Paul Riquet, mérite de passer à la postérité. Vous qui aimez tant écrire, vous devriez envisager de devenir son biographe pour inciter nos compatriotes à venir naviguer par ici… Ah je vois qu'on nous guette. Suivez-moi ».

Et mon ami empoigna son sac de voyage pour se diriger vers un petit homme (le premier de cette histoire) assez gros, au faciès plus que rougeaud barré par une épaisse moustache et coiffé d'une casquette de toile cirée. Cette figure pittoresque patientait près d'une calèche et tenait à hauteur de sa poitrine un carton portant deux lignes que, dans le petit jour, je ne parvins pas à déchiffrer de prime abord. « Vous êtes bien Carsalade ? l'interpella Holmes en français. Je suis M.George Byron et voici mon compagnon, l'honorable Percy Shelley ».

Comme j'écarquillais les yeux, en entendant prononcer les deux noms que je venais enfin de lire sur le carton, Holmes revint, en souriant, à notre langue maternelle.

« Vous constatez que le télégraphe m'a permis de tomber d'accord avec Georges Labit sur les pseudonymes que nous utiliserons. Je préfère la discrétion étant donné le motif de notre venue mais, d'ores et déjà, rassurez-vous. Le risque de croiser un autochtone assez féru de littérature pour hurler à l'usurpation d'identité reste minime. Une bonne partie des Toulousains prétendument cultivés se contente, en fait, de courir s'extasier, chaque année au printemps, devant des comédiens lisant en public des textes d'auteurs à la mode, ce qui n'équivaut pas forcément à riches de talent. »

Nos bagages chargés, Carsalade nous tint respectueusement la portière ouverte. Il ne nous fallut que quelques instants pour franchir le canal et emprunter une longue rue rectiligne. Peu intimidé, notre cocher ne nous cacha pas longtemps son net penchant pour la volubilité. Par chance, il s'exprimait avec une lenteur me permettant de saisir sans trop de difficultés ce qu'il disait. Confirmant que Georges Labit le mettait à notre service, il nous raconta ensuite avoir, autrefois, vendu dans les rues toulousaines *La Dépêche*, un journal local dont nous longions justement le vaste bâtiment, puis expliqua garder en souvenir le couvre-chef qui ne le quittait pas et le sobriquet de « enfin çà y est » (expression dont le sens m'échappe encore aujourd'hui). Sans le couper, Holmes me désigna discrètement, un peu plus loin, un autre édifice opulent. « La maison Labit, maison de famille plutôt que celle de Georges. Vous aurez l'occasion de faire la distinction ».

La calèche vira à gauche pour suivre un boulevard bordé, lui aussi, de platanes, avant de bifurquer et de déboucher sur une place circulaire. J'eus le loisir de déchiffrer, de ci de là, diverses enseignes, Trianon Palace, Grand Café Albrighi, Brasserie des Américains, Théâtre des Variétés... éteintes à cette heure matinale mais qui me permirent de comparer ce quartier à Leicester Square. Avec un « Ho » tonitruant, Carsalade arrêta finalement son cheval à la hauteur du porche d'un hôtel de belle apparence. « Le Capoul, messieurs les milords. Sans vanité, je tiens à manifester ma profonde satisfaction de vous avoir menés au seuil d'un établissement baptisé du nom de l'une de nos gloires. Un groumeu va prendre vos valises. Quant à moi, je vais avertir sur le champ mon maître de votre arrivée à bon port puis me tiendrai à l'office en attendant vos instructions ». Et il disparut avec une vitesse telle que je pensais subitement à un caravanier découvrant une oasis après avoir traversé un désert muni d'un seul demi-gallon d'eau.

Scène 2

Ayant bénéficié d'une éducation soignée, Holmes et moi ne sommes pas, et c'est tant mieux, de ceux qui dévoilent au tout venant le plus infime épisode de leur vie. Après tant d'années, je n'ai toujours pas interrogé mon ami pour savoir s'il connaissait déjà Toulouse ou s'il s'appuyait, ainsi que dans tant d'autres domaines, sur une documentation très complète. En tout cas, c'est en guide expérimenté que, vers 11 heures du matin, il m'entraîna à la découverte de la ville. « Notre après-midi et notre soirée s'annoncent bien remplies, me dit-il, d'ici là continuons de tromper gaillardement Carsalade et tous ceux qui ne verraient en nous que deux sujets de Sa Majesté, rencontrés quelque part sur Terre par Georges Labit et invités par lui dans sa ville natale ».

Holmes demanda à un garçon d'hôtel de prévenir Carsalade que nous le rejoindrions à 14 heures, près d'un jardin public, et nous partîmes tranquillement à pied sous un ciel où le gris dominant laissait, par endroits, place à de larges échancrures d'un bleu clair, presque dilué, et surtout d'une uniformité sans la moindre nuance qui évoqua, pour moi, des tableaux de primitifs italiens vus à la National Gallery. Sur le trottoir, je manquais m'étaler dès mon premier pas, ma semelle droite ayant dérapé sur l'une de ces productions physiologiques communes à tous les mammifères, sans nul doute un chien en l'occurrence.

Curieuse cité que ce Toulouse se tenant à distance respectable de Londres par la superficie, la taille de la population et l'activité économique, mais dont Holmes, grâces lui en soient rendues, allait ce jour là me montrer la face habituée aux lumières tamisées. Si nous commençâmes par traverser une artère moderne, imposante et très animée malgré l'absence quasi-totale de véhicules autres que les vélocipèdes, je devais vite noter qu'alentour les étroites rues chargées d'âge ne manquaient pas.

179 TOULOUSE. — Rue Alsace-Lorraine. — LL.

— Rue d'Alsace-Lorraine, Watson. On peut la comparer au Strand ou à Knightsbridge, toutes proportions gardées. Percée depuis peu, car l'autorité municipale s'est inspirée des travaux du préfet Haussmann à Paris. Interdite aux voitures à quatre roues en application d'une décision administrative toute fraîche et bien dans l'air du temps. Un natif de leur banlieue ayant inventé un engin à vapeur capable de s'élever dans les airs en emportant un passager, nous ne reprocherons certes pas aux Toulousains de vouloir que la ville se modernise. Encore faudrait-il que la mentalité suive le mouvement, si j'ose dire. Un observateur amical, tel que moi, ne peut oublier que de nombreux comédiens, musiciens ou peintres de talent ont débuté ici mais n'y sont pas restés. Il n'y a que peu d'années, par exemple, que la troupe du « Royal de Luxe » a déménagé. Les spectacles donnés dans les rues par ces excellents saltimbanques n'ont pas plu et, allant jusqu'à triompher récemment dans la capitale allemande, ils obtiennent aujourd'hui un plein succès ailleurs. Je pourrai en dire autant de cette danseuse et de cet acteur collaborant pour abolir la frontière séparant le ballet de la comédie ou encore citer ce photographe qui vient d'obtenir une récompense exceptionnelle et va exposer ses œuvres dans une galerie parisienne. Inversement, d'autres événements récents montrent que si, en hurlant à tous les vents – mais d'abord à tort ou à raison – que vous êtes une bande d'artistes, vous réussissez à vous installer à plusieurs dans un ancien hôtel ou une chapelle désaffectée, vous trouverez des appuis à ne savoir qu'en faire. Voilà qui est dit et maintenant que vous êtes averti je vais essayer d'ôter le masque ridicule imposé à Toulouse par ceux de ses habitants qui la confondent vaniteusement avec le nombril de l'univers. Vous ne serez pas déçu.

— Cet alignement de vitrines et d'étalages occupant le trottoir démontre, au moins, que les gens d'ici peuvent se fournir dans l'un de ces commerces aux multiples rayons dont l'activité est, de nos jours, caractéristique des véritables grandes villes.

— Vous voyez là « La Maison Universelle », mon ami, l'un des premiers magasins du genre ouverts loin de Paris et propriété de M. Labit père. Je vous ai dit que la recherche de marchandises a procuré à son fils une bonne excuse pour s'éloigner mais tournez vous... De l'autre côté de la rue, au fond du jardin entourant un ancien donjon, on entrevoit la partie arrière de la mairie, baptisée Capitole, sans la moindre forfanterie je vous le garantis, et où siègent les conseillers municipaux appelés, depuis le Moyen-Âge, Capitouls (c'est un mot occitan et non français) quel que soit le régime politique de la France. La magnifique façade de ce bâtiment nous attend sur la place qui porte le même nom que lui.

Sans interrompre son bavardage Holmes regardait assez fréquemment dans notre dos.

— Pensez vous que nous soyons suivis, Holmes ?

— Pas nous, mais MM. Byron et Shelley, qui sait ? Si Georges Labit fait l'objet d'une surveillance, Carsalade, donc nous, également. Cela ne me trouble

pas et je ne vous surprendrai pas en affirmant que si je ne veux pas qu'on me file, on ne me file pas. Présentement, je vais me borner à souhaiter une bonne promenade au gaillard qui fredonnait sur le trottoir, à notre sortie de l'hôtel, et n'a pas cessé depuis sans nous perdre de vue. Il doit être assez populaire, par ici, car le portier lui a lancé : « Dis moi Claude, une autre chanson pour bientôt ?». Rien de suspect. Ce n'est vraisemblablement qu'un chanteur des rues cherchant des idées.

Effectivement à deux dizaines de yards derrière nous, un petit homme (le deuxième de cette histoire après Carsalade), aussi brun que le sont la plupart des Toulousains, s'attachait à nos pas en nous observant avec l'air extasié du peintre ou du romancier qui vient de trouver l'inspiration. Je ne sais pourquoi sa démarche et son attitude me firent songer à celles d'un jeune taureau.

— Peut-être, compléta Holmes, décidément d'excellente humeur, deviendra-t-il un jour très célèbre et très aimé dans sa ville et ailleurs. Qui sait si vous ne figurerez pas dans l'une de ses compositions, habilement portraituré en amoureux transi sous le balcon de sa belle ?

Je haussais les épaules. Holmes plaisantait rarement, ô combien, et j'estimais cette pique du plus mauvais goût. M'imaginer sous les traits d'un coq de village, pourquoi pas aviné tant qu'il y était, en train de pousser une ritournelle du genre : « Je suis sous ton balcon, comme Roméo… » me déplaisait profondément. Si je n'avais pas été persuadé de la solidité de l'estime que me portait ce Byron éphémère, je l'aurai planté là et serai allé exiger de notre suiveur, au cas où il m'utiliserait un jour, qu'il mette l'accent sur la dignité seyant naturellement à un médecin, ancien militaire et surtout, surtout fièrement britannique.

— Allons, allons brave… euh… Shelley. Je vois qu'il faut que je me fasse pardonner ma maladresse à votre égard. L'humour n'est pas mon fort et, avant peu, nous nous intéresserons peut-être à des choses sombres qui vous ramèneront à des moments, hélas, inoubliables. En attendant si, malgré ses faiblesses, cette ville me met de bonne humeur qu'y puis-je ? J'apprécie la régularité de cette place du Capitole, le classicisme harmonieux de la mairie dont la partie située à votre droite abrite une illustre salle de spectacle, le théâtre du Capitole, vous l'aviez deviné, bien sûr !! C'est un temple de l'art lyrique et nos snobs de Covent Garden gagneraient beaucoup en prenant exemple sur les abonnés qui fréquentent ce lieu sans pareil pour y applaudir les plus grands interprètes. Aux places les meilleurs marchés, le « poulailler » en français, on aperçoit mal la scène mais il n'est pas rare d'occuper un siège à côté de quelqu'un qui, sans sortir d'Harrow ou d'Eton, tient cependant la partition de l'opéra sur ses genoux, prêt à protester vigoureusement à l'audition de la moindre fausse note. Je sais pertinemment que, sans rien dire, vous comptiez sur mon sens de l'équité pour tenir mon engagement de mettre en lumière, à votre intention, les bons côtés de Toulouse. Même si je n'en ai pas terminé avec les critiques, vous avez gagné, Watson, car ces facettes brillantes sont multiples. Tenez, dirigeons nous vers l'extrémité de cette galerie à arcades qui fait face au Capitole. Distinguez vous ces deux clochers ? Le plus proche en forme de mur, ajouré pour y placer les cloches, est d'un genre que l'on ne rencontre que dans cette région, le second, qui s'élève un peu plus loin, domine la basilique Saint Sernin, l'une des plus anciennes et des plus belles de la chrétienté, la plus grande des églises romanes, consacrée en 1096. Je crois me souvenir que Maurice de Sully, l'évêque qui fit construire Notre Dame de Paris, ne naîtrait que vingt-cinq ans plus tard. A Toulouse huit siècles de dévotion attendent le voyageur !!

— La visite figure-t-elle à notre programme, Holm… Byron ?

— Malheureusement non. Si l'heure de notre premier rendez-vous est assez éloignée, je suis au regret de vous demander de ne pas oublier, qu'en nous comportant en touristes, nous jouons un rôle.

— Vous ne m'emmènerez pas, non plus, sur les berges de la Garonne ? Sans prétendre rivaliser avec vous, je me souviens d'avoir un jour lu, tant que bien que mal, dans un vieux magazine français qui traînait sur un guéridon de mon cercle, « L'Illustration » si je ne me trompe, que les Toulousains sont aussi fiers de leur fleuve que nous autres, Londoniens, de la Tamise. L'auteur de l'article décrivait, sur un ton lyrique, la couleur que prennent, au soleil couchant, les façades donnant sur l'eau. D'où, terminait-il, le surnom de « Ville rose ».

— Non plus mon cher, non plus. Cette promenade sera au programme du séjour que vous vous projetez de faire ici entouré d'un groupe de médecins retraités.

— Ah Holmes, oui vous Holmes et non Byron, ce n'est plus de la déduction mais de la lecture de pensée. M'auriez-vous caché que vous détenez ces capacités, dites parapsychiques, qui intriguent tant, de nos jours, les savants de tous les pays ?

— Renoncerez vous un jour à exagérer en vantant mes mérites ? Il ne s'agit que d'un peu de mémoire (je sais depuis belle lurette qu'une fois que vous n'exercerez plus, vous souhaitez devenir l'animateur d'un cercle de tourisme culturel n'admettant en son sein que les disciples d'Esculape de votre génération) et d'analyse au sens le plus noble. Je vous ressens si bien, mon cher Watson (oh pardon, mon cher Shelley), que votre visage n'est pas, pour moi, plus difficile à lire qu'un article du « Times » sur le regretté M. Gladstone et sa passion pour le Home Rule. Tandis que vous contempliez, de loin, le clocher de la basilique, votre physionomie m'a enseigné que vous ouvriez votre calepin mental à la rubrique « à retenir pour la prochaine fois ». Vous venez d'ajouter les berges du fleuve à votre début de liste. Toulouse serait-elle en train de vous séduire ?

— Qu'à vous suivre et vous entendre Toulouse devienne plaisante, je veux bien que vous le lisiez sur mon front, mais de là à me parler d'un projet si particulier que je n'y songeais pas il y a une heure…

— Je vous ressens, vous dis-je, et combien mieux que ce pauvre Shelley avec qui je ne me vois pas cohabiter. Dans bien des années je songerai à vous, en soignant mes abeilles dans le Sussex, car je vous imagine sans mal prévenant vos compagnons qu'un vrai Toulousain dit « Garonne » au lieu de « la Garonne ». Contentez vous, à cette heure, d'emprunter une partie de ces ruelles oubliées par les urbanistes.

Jamais, avant ce matin, Holmes ne s'était montré, devant moi, à ce point détendu. Détendu ou tentant de m'en donner l'illusion ? Et s'il cherchait à me tranquilliser ? Après tout mon ami, n'ayant qu'une notion très vague de ce que Georges Labit devait nous communiquer, laissait dans le noir le reste de notre programme.

J'en restais là de mes réflexions. D'un pas serein, appuyés sur nos cannes, nous quittâmes la place du Capitole pour nous engager dans un lacis de voies étroites, très fréquentées, et dans lesquelles s'exerçaient les commerces les plus divers.

Scène 3

Nous allions arriver à la hauteur de ce que, faute de mot correspondant en anglais, je nommerai par défaut un pub quand Holmes me prit par le bras : « Halte, mon cher. Nous nous restaurerons ici et vous ne le regretterez pas. L'endroit n'est fréquenté que des toulousains bien renseignés quoiqu'il vaille le détour, dit-on en français ».

L'étrange lieu ! Que mes lecteurs se figurent, une fois franchie une porte vitrée surmontée de l'enseigne « Au père Louis », une petite salle enfumée et sombre, meublée de tonneaux servant de tables devant lesquelles les clients se tenaient debout faute de sièges. Je ne fus pas peu surpris en repérant, sur le mur du fond, le portrait d'un homme mûr – visiblement le fondateur de l'établissement – portant des favoris d'une taille que je croyais strictement réservée aux officiers supérieurs de notre armée des Indes.

Holmes savait tout des usages à adopter. Nous nous installâmes devant un tonneau libre et sur un bizarre signe de lui, consistant à lever deux doigts en forme de V, une accorte jeune femme déposa devant chacun de nous un verre contenant un liquide mordoré tout en lâchant une phrase mystérieuse : « Le quinquina maison, messieurs ». Ayant bu plusieurs gorgées de ce qui était un vin un peu épais, agréablement parfumé, j'aurai prestement fait de bon gré le signe des doigts si mon compagnon ne m'avait pas battu sur le poteau. « Cassoulet avec supplément de couennes et vin de Fronton » commanda-t-il, d'une voix forte, employant à son tour une formule cabalistique qui provoqua la réapparition de la servante porteuse d'un pichet et de petites marmites de terre cuite contenant un ragoût de haricots garni d'un assortiment de canard confit (à ce qu'il me sembla) et de viandes de porc. Holmes se précipita sur la sienne sans un mot, avec une sorte d'indifférence traduisant une préoccupation intérieure, un développement de l'activité mentale ravalant l'absorption de nourriture au rang de simple contrainte physiologique. « Quel lambin vous faites Shelley. A en juger par votre mine, prolonger un peu notre promenade avant de revenir à notre problème ne vous fera pas de mal » me jeta-t-il, au bout de quelques trop courtes minutes, tandis que je m'escrimais pour en finir au grand galop, moi aussi, avec un plat qui n'avait visiblement pas été cuisiné dans ce but. Ayant payé notre écot, nous sortîmes suivis des yeux par les autres consommateurs qui détaillaient avec soin nos tenues de voyage, des guêtres à la casquette bicycliste. Ces gens là nous prenaient-ils pour des excentriques ? Si oui, ils ne méritaient que mépris et c'est sans leur avoir adressé la moindre parole que nous repartîmes.

Un peu plus loin je m'immobilisai, frappé par une affiche très colorée. Voyait-on ailleurs qu'à Toulouse un texte mélangeant gaillardement le français et l'anglais (l'américain du Nord en réalité) ? Je m'en souviens suffisamment pour pouvoir le transcrire :

Les bribes d'une musique syncopée, sortant d'un soupirail tout proche, ramenèrent vers moi Holmes qui s'était éloigné d'une dizaine de pas. N'ayant rien entendu de tel depuis ma naissance, je me penchais, stupéfait, vers l'ouverture.

— Ah, ah Shelley. Des musiciens qui font la balance, qui répètent si vous préférez que je n'emploie

pas leur argot. Vous paraissez fasciné. Leur interprétation altère-t-elle l'état de votre conscience ?

— Elle me trouble et me désarçonne. Rien de commun avec Purcell ou cet air de Mendelssohn que vous acceptez de jouer de temps à autre à mon intention.

— Vous êtes dans le vrai, on ne risque pas de confondre. Cette musique vient du Sud des Etats-Unis, c'est celle des Noirs de là-bas et on la nomme jazz. Le style si particulier de l'affiche vous montre qu'au moins son acclimatation à Toulouse est chose faite. Elle possède, ici, un solide noyau de fidèles et j'espère qu'à l'avenir elle ne servira pas d'alibi pour organiser, à l'automne, l'équivalent de la baudruche littéraire du printemps dont je vous parlais en quittant la gare. On reverrait, hélas, le même public venant s'enthousiasmer sans trop réfléchir et, surtout, sans éprouver ce que, je crois bien, vous éprouvez si intensément. À chacun de ses survols, Apollon doit penser qu'on peut, à la fois, craindre de cette ville le pire et en espérer le meilleur.

— Ce que j'éprouve, diantre, ce que j'éprouve… Deviendrais-je stupide Byron ? Il n'y a pas de mots pour traduire ce que je ressens à l'écoute. Un imprévisible autant qu'inoubliable mélange de tristesse et de rage de vivre.

— Vous ressentez ce que ressent du fond de l'âme un Noir né en Virginie ou en Alabama. Et c'est parce que cette émotion ne dépend pas de la couleur de la peau que, parti du fond d'une vaste étendue plantée de coton, un flot de musique et de chant se répandra un jour dans le monde entier pour rappeler en permanence le droit de tout humain à la dignité.

Manifestant, une nouvelle fois, ma fidélité aux valeurs inculquées par mes parents je m'abstins du moindre commentaire, ce qui ne doit pas s'interpréter comme une désapprobation, au contraire. Cependant, si en privé quelqu'un, fut-ce Mary ma tendre et regrettée épouse, avait soutenu devant moi que j'entendrai un jour Holmes parler ainsi, je me serai retenu pour ne pas éclater de rire.

Scène 4

Rester des heures accroupi devant ce soupirail, l'oreille tendue pour ne pas laisser échapper une seule de ces notes bleutées, ne m'aurait gêné en rien mais je n'allais tout de même pas demander à Holmes de m'abandonner là. Je me relevai en me promettant de devenir au moins son égal dans la connaissance de cette musique négro-américaine et, sans changer d'allure, nous atteignîmes l'extrémité d'une belle et large avenue descendant en pente douce. L'espace plus vaste et les piétons plus rares que dans les autres quartiers nous permirent d'oublier provisoirement nos pseudonymes.

— Préparez vous à parcourir la toute neuve rue Ozenne, Watson. Elle porte ce nom pour témoigner de la reconnaissance des Capitouls envers un mécène qui s'intéressait au bien-être des élèves de lycées. De magnifiques immeubles d'habitation, tout neufs, alternent, à de rares intervalles, avec des vestiges bien plus anciens, telle cette tour sur votre droite. Dans votre dos se dresse la halle du marché des Carmes, bâtie, cela va de soi, sur le modèle de ce qui s'est fait dans la capitale, je veux parler des pavillons de M. Baltard. Je parierai que si les générations parisiennes futures détruisent ceux-ci, les toulousains suivront aveuglément la mode des bords de Seine et feront subir le même sort à celui-là.

— Vous semblez regretter par avance cette éventualité, Holmes. Que diable concédez à ce XXe siècle, qui va bientôt commencer, un droit à l'originalité. Si le patrimoine d'une ville est pour partie architectural ou artistique – je ne le discute pas – ne réside-t-il pas, avant tout, dans la persistance du souvenir d'événements qui n'ont pu se dérouler ailleurs ? Qui vous dit que ceux qui trancheront, peut-être, en faveur de la destruction de cette halle ne le feront pas pour qu'on en construise, subito presto, une autre attirant les éloges bruyants des uns et les blâmes retentissants des autres ? À chacun ses goûts et la vie continue. La disparition d'anciens quartiers de Londres ne me cause pas le moindre chagrin puisque je garde la souvenance des rois Tudor.

— Watson, Watson… J'approuve sincèrement votre façon de proclamer

que, pour les villes comme pour les humains, il faut chercher le coeur derrière le visage. Ce faisant vous devancez mes intentions. Dirigeons nous vers ces colonnes là-bas, de l'autre côté du carrefour avec une grande allée. Elles marquent l'entrée principale du Jardin des Plantes. Nous serons si proches de notre lieu de rendez-vous que nous ne laisserons pas Carsalade s'impatienter outre-mesure.

Holmes se tut. J'eus la sensation déroutante, venant de lui, qu'il allait se recueillir. Côte à côte, nous longeâmes en silence la colonnade pour nous rapprocher un peu de ce qui ressemblait au péristyle d'un temple grec portant au fronton l'inscription : Muséum d'Histoire Naturelle, Grand Amphithéâtre. Avant de l'atteindre, nous fîmes halte au pied d'un mur de briques nues sur lequel se voyait, placée assez haut, une plaque émaillée portant de courtes phrases. Sans la fixer, front baissé, menton dans la main, Holmes médita brièvement avant de reprendre la parole.

— Voici qui mérite votre attention, Watson. Peu de promeneurs doivent lever les yeux bien qu'on puisse lire, en français et en occitan, « la pierre vint tout droit là où il le fallait ». En dehors de cette phrase commémorative, il reste peu de traces de l'époque où, sous un prétexte religieux, le pontife de Rome ordonna une croisade contre les occitans qui jouissaient de multiples libertés. Cela date du début du XIIIe siècle. Au printemps 1209, commandée par Simon de Montfort, une armée, venue du Nord telle un vent froid, a déferlé, saccageant et pillant avec une cruauté que je n'hésiterai pas à comparer à celle du Protecteur Cromwell en Irlande.

— Simon de Montfort ? Le comte de Leicester ? Celui qui s'opposa à Henri III Plantagenêt ?

— Non son père. Mort ici, pendant le siège de Toulouse, le 29 juin 1218. Touché au crâne par cette pierre dont on raconte qu'elle a été projetée par une machine utilisée par des femmes. L'événement renforça le courage des occitans qui résistèrent encore dix ans. Il a fallu l'intervention du roi de France et de ses troupes pour en finir avec une province, que dis-je, une nation, dévastée, épuisée mais non soumise. Les moines, pour leur part, dressaient des bûchers depuis les premiers jours. Ils se sont consumés lentement, trop lentement.

— Quel drame, Holmes. Je présume que les livres d'histoire ne lui font que peu de place.

— Trop peu, beaucoup trop peu sous les plumes françaises. Malgré tout, c'est en vain qu'un pape a réclamé la mort d'une culture. Aussi solide que le mur sur lequel elle est fixée cette plaque prouve que le cœur de Toulouse et de l'Occitanie n'a pas cessé, ne cessera jamais de battre. Fiez vous à moi, les années à venir verront s'accroître perpétuellement le nombre de ceux qui sauront prêter l'oreille à ses pulsations.

Emplie de lyrisme la voix de mon compagnon tremblait un peu. Holmes préférant défendre la liberté de pensée à coup d'articles de presse, en se gaussant dans l'intimité de mes signatures de pétitions et de mon agitation dans les meetings, je le savais comme je savais qu'Arthur Conan Doyle, mon agent littéraire, lui servait de prête-nom dans ces circonstances. Mais Holmes laissant filtrer son émotion en m'entretenant d'une atteinte à cette liberté si lointaine dans le temps, quelle nouveauté ! Il ne bougeait plus d'une semelle. Allions nous prendre racine ? Mon caractère me portait à commencer de trouver le temps long. Dans l'attente de voir la tête de ce Georges Labit (pour qui je venais quand même de faire l'effort de passer le Channel, toutes affaires cessantes) l'intermède touristique, aussi instructif qu'il fut, finissait par me lasser et je décidai d'afficher un début d'exaspération.

— Vous me rappeliez bien à l'instant que Carsalade nous attendait à l'endroit prévu ?

— Mais Watson n'apercevez vous pas sa calèche, stationnée au bout de l'allée ? Il ne nous manque que quelques yards à faire pour la rejoindre et vous pouvez me laisser jouer un peu plus longuement le cicérone. Le vaste parc circulaire auprès duquel notre homme languit a été baptisé le « Grand Rond » et la voie qui l'entoure « Boulingrin », une traduction très particulière de notre « bowling green ». Cela ne vous amuse-t-il pas ? Non ? Tant pis. Admirez au moins, sur notre droite, la toute neuve Faculté des Sciences. Le Professeur Paul Sabatier y enseigne. Son nom est indissociable de mes expériences malodorantes qui vous contrarient sans que vous le fassiez remarquer tant j'ai en vous un colocataire de bonne volonté. C'est un chimiste de premier ordre. Je ne serai pas étonné s'il se voyait décerner ce nouveau prix scientifique qu'un industriel suédois a fondé en mourant.

S'efforçant de jouer les stylés Carsalade s'inclina, son éternelle casquette à la main. Une fois assis, Holmes lança : « À la Manufacture Giscard. En route pour notre première entrevue avec une personnalité locale, Shelley » avant de revenir à notre langue en se penchant vers moi : « Tant qu'à venir ici pour discuter de Rennes-le-Château, essayons de ratisser large. Figurez vous que je me demande si un autre que Labit a pu lever certains lièvres ». Sitôt dit, il s'enferma dans ses rêveries m'abandonnant à ma satisfaction d'entendre de nouveau jaillir de sa bouche l'une de ces phrases sèches qui m'auraient permis de l'identifier les yeux fermés.

Le cheval prit le trot. Regardant machinalement entre les feuillages, pendant que nous contournions le « Grand Rond », j'aperçus, pour la dernière fois, le petit homme à l'allure de taureau. Debout sur un banc, entouré de badauds, il s'apprêtait à chanter. Je pus le voir écarter à demi les bras et l'entendre commencer sur un rythme lent : « O Toulouse… O Toulouse » puis – après une série de mots totalement incompréhensibles pour moi : « Moun païs… Minimes… mémés… castagne » – les paroles m'échappèrent avec l'éloignement qui augmentait et la mélodie s'estompa progressivement à son tour. Pourtant, sans que je sache pourquoi, elle demeure gravée dans ma mémoire et me revient sans effort dès que je repense à ces heures toulousaines. Si, à la seconde de l'ultime départ, la Providence m'accorde le privilège de revoir quelques épisodes de mon existence, je crois qu'une voix de baryton léger s'élèvera pour la dernière fois dans ma tête, lointaine et familière tout à la fois, mêlée de temps à autre à des bouffées de la musique venue du soupirail.

Scène 5

La calèche longea le Canal du Midi durant un bon quart d'heure. Holmes se taisait toujours et, ayant épuisé le matin ses réserves de salive, Carsalade l'imitait, rompant une seule fois le silence pour désigner l'Ecole Vétérinaire après qu'un changement de rive m'ait permis de vérifier que nous nous retrouvions non loin de la gare ferroviaire. Nous entrâmes dans un quartier calme, bâti sur le flanc d'une butte dominée par la coupole d'un observatoire astronomique et par un obélisque dont la vision tira Holmes de sa léthargie.

— Vous distinguez là bas, Shelley, d'une part…

Je lui expédiais une oeillade assez sombre pour faire tomber de leurs montures l'ensemble des « Horse Guards » assurant la sécurité de Buckingham Palace mais qui ne suscita qu'un geste amical de son bras destiné à m'apaiser.

— Si vous en profitez pour vous calmer nous pouvons oublier Shelley le temps d'un court entracte. Watson, Watson mon ami, je vous en prie. Certes, ne vous ayant pas accoutumé à de si longues tergiversations, je ne peux que vous répéter que, s'agissant de Rennes-le-Château, le surcroît de précautions ne relève pas de l'absurde. Vous ne croyez ni au secret du curé Saunière, ni au retour de Moriarty. Et moi je vous dis et redis que ce secret je le possède, que rien ne prouve que Moriarty est mort et qu'il a fort bien pu rester tapi dans l'ombre durant toutes ces années, contrôlant de près l'activité souterraine de ses espions, guettant sans discontinuer l'occasion de dévider une bobine dont il parviendrait à saisir un brin… un brin qu'il serre peut-être déjà entre ses doigts.

Je me mis à tripoter ma pipe comme si j'allais fumer alors que je n'en éprouvais nulle envie. Aussi incroyable que soit, de l'avis de toute personne raisonnable, cette histoire de secret détenu par Saunière et transmis par lui à Holmes, aussi invraisemblable que soit, pour un observateur sensé, l'idée de la survie de Moriarty je me devais de me souvenir que, depuis les débuts de notre association, je l'avais rarement emporté contre mon ami. Force m'était de concéder que non seulement le sinistre universitaire défroqué constituait, dans le Mal, le pendant de Holmes dans le Bien, mais que de plus, une équivalence entre les capacités physiques des deux hommes accentuait leur symétrie ce qui donnait à entendre que si l'un avait pu grimper le long de l'abrupte paroi rocheuse, l'autre en était capable. Et comment oublier une seconde ce grand hiatus dans ma propre destinée ? Ces trois longues années durant lesquelles Holmes, que je croyais mort et bien mort, courrait la planète en me laissant sans nouvelles.

Sous la poussée du raisonnement l'impossible venait de reculer pas à pas. Oui puisque Holmes se tenait là, avec moi, sous ce ciel de Toulouse maintenant dégagé et où luisait un soleil d'or, je devais prendre en considération , aussi improbable qu'elle fut, une hypothèse terrifiante : le retour du Génie du Meurtre, le retour de Moriarty.

Acte 3

Scène 1

Mes pensées s'enchaînèrent brusquement, de la manière dont celles de Holmes avaient dû le faire auparavant. Je parvins très vite à me convaincre qu'il n'y aurait rien d'extraordinaire à ce que, bien vivant et plus aigri (donc plus avide) qu'autrefois, le Maître du Crime soit tombé, aussi inopinément que Georges Labit, sur une information floue et intrigante. Floue et intrigante et le restant pour un globe-trotter mais non pour l'intelligence perverse du sinistre professeur. Et ensuite ? Ensuite je ne voyais pas, je l'ai dit, Moriarty s'accommodant de soutirer à un curé de campagne un argent malhonnêtement gagné. Par contre si secret il y avait réellement… Bien qu'acculé je ne résolus pas pour autant de capituler tout de go en rase campagne. Mal m'en pris.

— Où en êtes vous Watson ? me pressa soudainement Holmes.

— Eh bien résumons-nous… Moriarty ressurgissant pour rôder autour de Saunière et de ses mouvements de fonds… N'ergotons plus… Je me sens contraint, désormais, d'accepter la réalité de cet inimaginable coup de théâtre. Ceci dit le danger vous oblige-t-il à insister avec une telle force sur la nécessité d'une prudence extrême ?

— Evidemment mon ami. Une demande insensée de plus. Ne pas pousser une argumentation à son terme constitue une grave faute de logique et vous venez de la commettre. Moriarty ne peut rester indifférent à mes faits et gestes. Il saura fatalement que nous nous sommes déjà rendus à Rennes-le-Château et que j'ai discuté avec Saunière. S'il subodore la présence d'un secret, il parviendra à l'éventer et voudra en devenir l'unique détenteur. Mettez vous à sa place et prenez la peine d'envisager ce que signifie, pour un mégalomaniaque de son envergure, la perspective d'être le seul humain capable de faire trembler Léon XIII dans son palais du Vatican. Vu sous cet angle, je me sens réconforté, Watson, en songeant que vous ne savez rien. Et, ne m'en veuillez pas de m'appesantir, j'emploie le futur mais je devrai, peut-être, utiliser le présent. J'ignore à cette heure-ci, pendant que nous réfléchissons de concert, quels renseignements possède ce maudit professeur et ce qu'il mijote.

Je n'ai pas relevé la désobligeante remarque de Holmes sur les limites de mes capacités. J'étais immunisé contre ses réparties et je venais de vivre devant le soupirail ou près du Muséum des minutes projetant en pleine lumière ce que je gardais pour moi depuis longtemps. A savoir combien se fourvoient ceux qui le qualifient de seul être humain réussissant à vivre et à réfléchir sans posséder un cœur. Sur le moment, je me répétais que je devais me résoudre à appliquer intégralement ce « principe de précaution » dont la presse nous rebattait les oreilles depuis peu. Ainsi que je viens de l'écrire je concevais parfaitement, au fond de moi-même, que seul le Secret justifiait l'intervention de Moriarty dans les affaires du prêtre, intervention qui déclencherait immanquablement un nouveau et terrible affrontement avec Sherlock Holmes. Nonobstant ma sensibilité, si souvent privée d'égards par mon compagnon, j'avouais, par conséquent, en peu de mots à celui-ci que je me ralliais à son opinion. Avant de poursuivre mon récit je me dois cependant de noter que, à la date précise où j'écris ces lignes, le Conclave a placé Pie X sur le trône de Saint Pierre depuis bientôt dix ans et que l'Eglise Catholique semble inébranlée.

— Brisons là, Holmes. Tout bien réfléchi j'accepte de franchir un pas supplémentaire et de vous concéder que nous pourrions nous trouver, prochainement, à nouveau en situation de combattre Moriarty. Ne vous fatiguez donc pas à rabâcher que, dans cette éventualité, nous ne serons confrontés ni à un simple pickpocket détroussant les dandies de Piccadilly, ni à un vulgaire malade profitant des innombrables bévues de Scotland Yard pour étriper des pauvresses dans l'East End. Je ne suis pas stupide au point d'oublier qu'avec ce monstre, plus retors que tous ses collègues algébristes réunis, votre vie sera en jeu d'entrée. Celle de Saunière également tant qu'à faire. Si, pour appeler un chat par son nom, l'avenir de ce prêtre ne me tourmente pas, je n'en dirai pas autant du vôtre. Dans ces conditions, limitez vous à deux ou trois phrases au sujet de ce fichu observatoire et de son obélisque de voisin puis rendons cette visite à laquelle vous semblez tenir si vivement.

— Ah ! Tant que vous piafferez d'impatience en ne voyant pas venir le moment d'entrer en action, je me sentirai prêt à mener le bon combat et à vaincre sur toute la ligne !!! Eh bien puisque, sauf la date, vous avez programmé, depuis ce matin un autre voyage à Toulouse, je vous instruirai en temps utile. Vous saurez pourquoi l'astronome qui s'est démené pour qu'on construise cet observatoire n'a pas vécu assez pour venir y étudier les planètes et, au pied de la colonne, vous vous recueillerez en hommage à notre vénéré Arthur Wellesley, duc de Wellington. A propos de piaffer la rue est en pente, revenons à la langue française pour ménager les jarrets de ce cheval… Monsieur Carsalade, déposez nous ici et attendez nous avec cette patience dont je vous suis, par avance, reconnaissant. Nous finirons à pied.

Scène 2

En moins de temps qu'il n'en faut pour l'écrire, nos enjambées nous menèrent à un vaste bâtiment assez extravagant, vu du dehors, pour servir de décor à un opéra d'Ernest Reyer. Il faudrait le talent de dessinateur d'un Sidney Paget pour rendre justice aux façades ornées à profusion de sculptures de fleurs et de feuillages ou aux petits singes statufiés qui se tiennent à trois des coins du toit et dont le plus beau (je donne sans hésitation mon avis personnel) assis, jambes croisées, en redingote serrée et pantalon moulant, haut de forme fiché sur le haut du crâne et bésicles au poing, semble narguer le passant avec condescendance. Nous étions à la porte de la Manufacture (ou Fabrique, en français) Giscard et devant un échantillon de sa production. Le laps de temps écoulé depuis notre descente de la calèche avait permis à Holmes de me conter l'histoire de cette entreprise spécialisée dans la fabrication en série de statues et autres ornements en terre cuite. L'abondance d'argile, aux environs de Toulouse, favorisant le développement de cette activité à la fois industrielle et artistique, un premier Giscard s'était établi là en 1855. Une trentaine d'années plus tard, ses héritiers, se souvenant à bon escient de la présence d'églises dans chaque commune, grandes ou petites, transformèrent la raison sociale en « Manufacture Giscard d'ameublement religieux » comptant parmi ses clients des curés de tous les coins de France... dont notre Saunière. Si cette ultime précision éclaira un peu mieux ce que mon ami n'avait qu'esquissé elle mit, avant tout, en exergue les arrière-pensées affleurant derrière sa future curiosité de touriste naïf.

Alors qu'on aurait pu la supposer bourdonnante d'activité, la Fabrique était curieusement silencieuse et je dus tirer plusieurs fois le cordon de sonnette avant que la porte ne s'entrebâille sur un bonhomme un peu voûté et nettement plus vieux que nous en dépit de ses cheveux d'un brun de jais. Nous ayant laissés décliner nos fausses identités, l'individu répliqua sur un ton assez peu affable et quasiment sans respirer qu'il se nommait bien Bernard Giscard-maître des lieux et statuaire à la suite de son père, que pour cause de fourniture d'argile retardée il avait donné congé à ses cinquante ouvriers et que nous venions de le tirer de sa sieste en arrivant avec un quart d'heure d'avance. « Cher Monsieur, lui rétorqua Holmes dont les qualités de diplomate se manifestaient systématiquement à bon escient, puis-je vous redire de vive voix les termes de mes lettres ? La qualité des productions de votre famille est appréciée sinon par toute la Grande-Bretagne du moins par ceux, parmi les fidèles de notre Reine, que le Ciel a dotés d'un minimum de curiosité intellectuelle. C'est pour cela qu'au nom de mon ami Shelley, qui parle fort mal votre langue, et en mon nom propre, je vous renouvelle mes remerciements pour avoir accepté de nous autoriser à circuler dans vos ateliers. »

J'ai fréquemment eu l'occasion de montrer que si chez Sherlock Holmes la civilité n'a rien d'hypocrite, elle lui sert, de plus, à camoufler la mise en application d'une expérience approfondie de la nature humaine. Les phrases sèches prononcées en guise d'accueil lui permirent de comprendre immédiatement que, face à nous, se tenait l'héritier d'un savoir faire unique ; un homme pour qui seule la pratique de l'art de la terre cuite pouvait donner un sens à la vie. Appuyant son petit discours le regard de mon compagnon exprima cela avec une telle force que les traits de Bernard Giscard se détendirent et qu'un simple « Eh bien entrez, Messieurs » nous invita à le suivre.

Toujours soucieux d'user des procédures holmesiennes, je me préparai à enregistrer les moindres particularités d'une grande cour rectangulaire, entourée de bâtiments sur trois de ses côtés. En vain car nous prîmes sans attendre vers la droite pour pénétrer sous un hangar métallique. « Ici, messieurs, sont stockées les réserves de terre, vous voyez là le bassin qui sert à la délayer et ici le broyeur qui lui donne la consistance requise. Cette consistance étant un secret de famille, vous n'en saurez pas plus. Pour

l'heure si vous voulez bien vous avancer vers cet établi, je vais vous montrer comment, à partir d'un moule en plâtre, nous fabriquons les statues et autres pièces qui seront signées Giscard. »

Marquées au coin par l'accent occitan, les paroles ont commenté les gestes sans la moindre pause mais sans se bousculer. Ayant sorti crayon Faber Castell et carnet gainé de cuir, Holmes prenait calmement des notes avec le plus grand sérieux. Peut-être écrira-t-il un jour une monographie sur *Le moulage en terre cuite à Toulouse (France) avec plusieurs annotations sur ses aspects religieux*. Je me taisais aussi. Mon français, trop pauvre, ne me permettait pas de saisir par le menu un ensemble d'indications très techniques. Ce que je comprenais, ce que je comprenais sans la moindre incertitude, c'est que je n'entendais pas la voix d'un seul homme mais celle de toute une dynastie et que, par conséquent, si, un jour, le dernier des Giscard mourait sans enfants et sans élèves nul ne saurait, après lui, parler de la beauté secrète des gestes d'où sont nés ces animaux mythiques destinés aux riches maisons toulousaines ou ces statues naïves au pied desquelles les vieilles femmes continueront longtemps de s'agenouiller dans de petits sanctuaires de campagne. « Il faut savoir ne pas se presser, Messieurs, termina modestement notre hôte. Qu'il s'agisse de cariatides monumentales, d'un simple feuillage ou de Germaine de Pibrac, notre sainte locale, le temps passé ne compte pas. »

Scène 3

De notre lente déambulation dans la Manufacture, je retins l'entassement d'une prodigieuse quantité de moules, un millier au minimum. En se servant ici, on se procurerait de quoi décorer différemment les unes des autres des cathédrales de la dimension de celles de Cantorbéry, York ou Westminster. Nous venions de nous arrêter à côté du four, aussi haut que la pièce qui l'abritait, destiné à la cuisson des moulages lorsque Holmes se jeta à l'eau.

— Dites-moi, Monsieur Giscard, ne le prenez pas pour une remontrance mais enfin votre Manufacture produit en masse. La Sainte Germaine, que vous citiez tout à l'heure, a sûrement été acquise par plusieurs paroisses de la région

toulousaine et si, en pénétrant dans la nef d'une église en Picardie, je me souvenais avec étonnement d'avoir vu autrefois, en Gascogne, la statue de Saint Antoine, il me suffirait, n'est-ce pas, de lire votre griffe sur le socle pour élucider ce petit mystère. Bien. Admettons que je sois le desservant d'une église dans laquelle on vénère un bienheureux pratiquement inconnu à cinq lieues de là et dont je vous commanderai une effigie. N'allez vous pas me rétorquer que vous ne possédez pas le moule et ne pouvez décemment le fabriquer pour mon seul usage. Est-ce que je me trompe ?

— En principe non, Mister Byron, mais en principe seulement. Je vis de la vente des statues et ne vois pas pourquoi le pragmatisme me rendrait honteux. Concrètement, mon choix dépendrait du reste de la commande. Si on s'en tient à m'offrir de fabriquer en un seul exemplaire une statue dont je ne possède pas le moule, évidemment je refuse. Simple règle de bonne gestion. À l'opposé si, pour embellir une église, on désire que je confectionne

plusieurs modèles originaux tout en puisant largement dans mon catalogue, il va de soi que j'accepte. Cela s'est produit quelques fois et, puisque vous et votre ami m'êtes bien plus sympathiques que d'autres, je vais ouvrir spécialement pour vous une salle qui, ordinairement, ne figure pas au programme des visites de la Manufacture.

Et nous entraînant dans un nouveau dédale peuplé de moules et de statues inachevées il nous mena vers un autre local où – me mordant presque les lèvres pour ne pas laisser paraître mon ébahissement – j'eus devant moi, aux couleurs près, ce que j'avais vu, un jour de 1897, en visitant l'église de Rennes-le-Château pendant qu'au presbytère Holmes conférait avec le curé Saunière. La chaire occupait à elle seule une grande part de l'espace.

— Voyez, reprit Giscard, je me suis amusé à réunir ici tout le matériel, ou presque, qui m'a servi à satisfaire les desiderata du curé d'une petite paroisse proche de Carcassonne. Dès notre entrée en relations, ce prêtre m'a confié que la remise en état de son église était sa préoccupation principale depuis son installation dans le village. Il y a une dizaine d'années que mon confrère Monna, dont les bureaux sont voisins de notre cathédrale Saint Etienne, lui a fournit un autel. Pour le reste, pour tout le reste, il s'est adressé à moi. Notre contrat date d'un peu plus de deux ans et je suis fier de ne pas cacher que si Saint Joseph, la Vierge ou Saint Antoine de Padoue ont été choisis sur catalogue, le bas relief et ce pilier surmonté de quatre anges sont des créations entièrement inédites.

— Hum, fis-je, m'empressant d'intervenir. Et ce bénitier ?

— Disons que le sujet n'est peut-être pas original. Si je n'exclus pas que l'idée d'un diable ployant sous le poids d'une cuvette remplie d'eau bénite soit venue à d'autres, je vous mets au défi de trouver, où que ce soit, une réalisation comparable. Vous chercheriez en vain. Evidemment, vous ne voyez que le moule, mais ajoutez y mentalement la peinture, les yeux – tous ceux de nos statues sont en émail – et vous conclurez vite que ce démon là est unique et inimitable parce qu'il ne pouvait sortir que de la Manufacture Giscard.

— Personnellement je conclurai de préférence, glissai-je, que son implantation à l'entrée d'une église doit faire jaser…

Holmes ne me laissa pas terminer. Je ne m'obstinais pas en devinant sa crainte de voir la conversation s'égarer. Durant toutes nos années de collaboration sa brusquerie ne m'a jamais fait rechigner mais je prie qu'on me prenne au mot si j'atteste que s'agissant de médecine je me serai comporté tout autrement.

— Je regrette de devoir remarquer devant vous, Shelley, que le délégué de l'enfer ne me séduit pas assez pour me faire partager vos spéculations. En ce qui me concerne, Monsieur Giscard, c'est ce Chemin de Croix qui m'attire. Je me plais à l'imaginer, une fois en place, dans la lumière d'une après-midi d'hiver traversant les vitraux. Une autre exclusivité ?

— Sûrement pas. Dans un Chemin de Croix quatorze stations font quatorze tableaux. Accepter la possibilité de variantes me mènerait où ? Me souvenant des bâtisseurs de cathédrales, je ne m'amuse qu'à glisser parfois, de ci de là, une bagatelle peu apparente, un signe discret qui personnalise un exemplaire ou un autre et intriguera peut-être si on le découvre un jour. Pourquoi la profession de ma clientèle m'interdirait-elle, quand l'envie m'en prend, de manger du gibier le Vendredi Saint ou de me livrer à une moquerie digne de faire rougir un séminariste ? Fournisseur zélé tant qu'on voudra, par contre calotin ah non, surtout pas !!

Le caractère sibyllin de ces deux dernières phrases provoqua chez moi une démangeaison de la langue dont Holmes me soulagea à la vitesse de la foudre en m'administrant un discret et vigoureux coup de coude sur la hanche. J'eus une pensée pour mon agent littéraire, coutumier de ce geste pour réclamer à son secrétaire un peu de circonspection. [1]

Scène 4

— Vous alliez intervenir Shelley ? Non ? Excusez moi, j'avais cru… Monsieur Giscard, votre amabilité m'encourage. Si vous m'estimez indiscret vous ne me froisserez pas en vous taisant. Voici. Votre talent et le soin que vous prenez méritent un juste salaire. Puis-je, sans indiscrétion, m'enquérir du prix de revient d'une décoration d'église comparable à celle que nous avons là ?

— Ma comptabilité n'a rien d'occulte Mister Byron. Disons qu'en additionnant le prix des fonts baptismaux à ceux du Chemin de Croix, du bas-relief, des statues et de divers accessoires, ma facture définitive atteignait 2920 francs avec livraison franco à la plus proche gare ferroviaire ainsi qu'un Sacré-Cœur, une Vierge et un Saint Joseph supplémentaires offerts gracieusement par la maison.

Imitant un demi d'ouverture alertant sa ligne de trois-quarts, Holmes me prévint d'un simple mouvement de tête qu'il m'envoyait la balle. Je la saisis au bond.

— 2920 francs, m'exclamais-je, cela les vaut, je ne le discute pas, mais vous nous avez dit que votre client est un curé de campagne. Sur ce que je sais de la position sociale de ces prêtres en France, cette somme équivaut à plus de la moitié de son revenu de base annuel.

— Et bien ? Me prendriez vous pour l'un des dirigeants de votre Compa-

---

[1] Voir Julian Barnes : *Arthur et Georges*, Folio (2008), p.391.

41

gnie des Indes ? La Maison Giscard accepte les paiements fractionnés, elle. Nous nous sommes entendus sur un versement de 500 francs à la fin de chaque mois de décembre, les échéances initiales ont été scrupuleusement honorées à la date fixée – la seconde il y a peu de temps – et je ne m'inquiète pas pour le reste de la dette. Mon client ne doit mettre de côté qu'un peu plus de 40 francs chaque mois. Rien qu'avec les honoraires perçus pour célébrer des messes dans de pieuses intentions, il les obtient en grande partie.

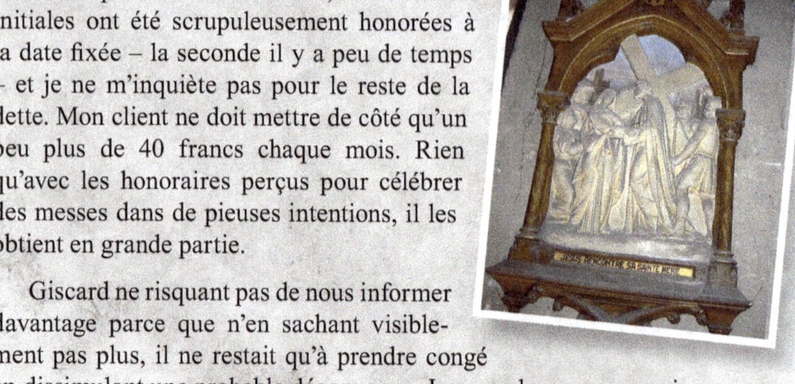

Giscard ne risquant pas de nous informer davantage parce que n'en sachant visiblement pas plus, il ne restait qu'à prendre congé en dissimulant une probable déconvenue. Je ne parle pas pour moi, car ce que je venais d'entendre m'incitait à revenir en arrière et je mentirai par omission si je ne disais pas, sans me vanter, que j'en éprouvais une réelle satisfaction.

— Mon cher Holmes, accepterez vous de m'écouter un peu avant que nous rejoignions ce bon Carsalade qui va et vient là-bas ? Il y a du nouveau et quel nouveau : Saunière s'acquitte de sa dette par versements annuels. Je vois à cela un excellent mobile, d'ailleurs suggéré par Monsieur Giscard lui-même. A recettes irrégulières, dépenses étalées. La rumeur et l'envie prêtent aux plus riches que soi, sans transformer du jour au lendemain un prêtre famélique en nouveau Crésus. À l'instar de bien d'autres tonsurés, le curé de Rennes-le-Château doit être matériellement un peu moins défavorisé que ses paroissiens, ce qui contribue à exciter les imaginations. Animé par la volonté méritoire de remettre son église à neuf et tristement certain de ne parvenir que peu à peu à réunir l'argent nécessaire, il a prudemment obtenu des délais de paiement. Vous ne pouvez nier les retombées de cette conduite judicieuse. Tributaire de dons à la périodicité aléatoire, Saunière manie certes des sommes importantes aux yeux de ses ouailles mais ne puise pas à volonté dans un fleuve d'or parce que ce fleuve d'or n'existe pas. Pas de fleuve, pas de source. Autrement dit, pas de secret à l'origine d'une fortune soudaine. Je vous le dis franchement, mon ami, je crains que ma théorie initiale soit la bonne. Vous surestimez abusivement le contenu et la valeur de ce que qui vous a été livré. Tout ceci me semble élémentaire, Holmes, véritablement élémentaire. Je parierai que notre entretien avec Georges Labit vous décevra à son tour et, si vous me laissez conclure, ce sera, ma foi oui, pour revenir sur la ligne de départ. Ne vous en déplaise, les os de Moriarty blanchissent bien au fond d'un gouffre helvétique.

— Ce qui est élémentaire, Watson, indiscutablement, terriblement élémentaire, est que si on s'enrichit par un procédé occulte, on ne va pas le brailler aux oreilles des foules le dimanche à Speaker's Corner. On préfère tromper son monde en laissant un aimable fabricant de statues vous prendre pour un gagne-petit. Si je suis persuadé que vous avez songé à tout cela sans moi, ce qui a renforcé chez vous une conviction solidement établie, je vous remercie tout de même pour cet amusant simulacre de relance à la byzantine. Votre sens de la plaisanterie me déroutera indéfiniment car je suis bien incapable de vous imiter.

Sur ce Holmes arbora un mince sourire et contrairement aux bruits répandus par ceux qui me confondent avec ma caricature, je ne pris pas un air dépité. Ce que, moi, je révérerai sans fin chez lui, est cette prodigieuse capacité d'analyse qui produit à tour de bras des conclusions aussi peu contestables qu'un théorème de géométrie. Sans le moindre mot, j'allumais ma pipe pour de bon en pensant avec contentement qu'une fois introduit dans le salon du grand voyageur cet affreux patronyme de Shelley ne m'importunerait plus.

Acte 4

Scène 1

Nous nous remîmes en route sur les berges du Canal du Midi. Ragaillardi, Carsalade chantonnait ou sifflotait en alternance et, laissant Holmes se livrer à une nouvelle méditation, je contemplais les platanes dans le jour déclinant. Périodiquement, notre cocher pointait son fouet vers des péniches servant d'habitation ou de lieux de plaisir. En longeant celle dont la décoration extérieure s'efforçait péniblement de faire penser à une jonque chinoise, il s'esclaffa à l'idée que dans cet endroit travaillait un cuisinier de ses amis, né dans la même rue que lui à San Subra, quartier populaire toulousain. « La Chine, la vraie, messieurs les milords, c'est Monsieur Georges qui va vous en parler pour de bon. »

Après une nouvelle traversée de pont, nous circulâmes brièvement au milieu de villas cossues mais banales et ternes si on les compare à la résidence de feu Lord Frédéric Leighton. A l'exception, paradoxalement, de celle dont nous approchions. « Vous y êtes » s'exclama Carsalade avec les intonations de celui qui entend, sans tristesse excessive, la sirène à la fin d'une longue journée de labeur. Et pour la seconde fois de l'après-midi je contemplais une oeuvre d'architecte sortant vraiment de l'ordinaire.

Pour tenter de décrire correctement la villa de Georges Labit, telle qu'elle m'est apparue dans un début de crépuscule, je me dois de commencer en parlant d'une cour plantée de palmiers entourant une construction, sans étage, presque carrée, surmontée d'un dôme central ne ressemblant en rien à celui de St Paul car formé de grands panneaux convexes revêtus de tuiles de couleur bleu turquoise et orné d'un mât portant une sphère et un croissant. Quatre fenêtres identiques, bien plus hautes que larges, s'ouvrent sur la façade. Elles encadrent par paires la porte d'entrée, située sous le dôme, au sommet d'un petit escalier. Si je précise que ces ouvertures, rigoureusement linéaires sur trois côtés, s'achèvent, en hauteur, par un arc de cercle et qu'il s'en trouve de similaires sur les autres murs, si je poursuis avec la décoration faite de panneaux à croisillons et d'alignement de carreaux de mosaïques ou avec les corniches chargées d'arabesques et les colonnettes d'angle, on concevra facilement ma stupéfaction. « Voici un authentique palais mauresque » soufflais-je à Holmes qui poussait la grille ouvrant sur la rue. Au bas de l'escalier patientait un homme de petite taille (le troisième de cette histoire après Carsalade et le chanteur) un peu corpulent. Le pardessus marron qu'il avait enfilé, probablement pour se protéger de l'humidité ambiante, laissait voir un élégant costume clair à parements de velours. Aussi soigneusement peignés que sa moustache à la mode républicaine, ses cheveux bruns rejetés en arrière dégageaient, sous un petit chapeau mou, un large front et, ses yeux, légèrement enfoncés dans un visage rond, clignaient, irrités par la fumée d'une cigarette, collée aux lèvres, qui ne devait pas être la première depuis le matin. Il s'adressa à nous en anglais et d'une voix ferme, mais je pressentis confusément l'inquiétude sourde derrière son timbre cordial. « Monsieur Holmes, Docteur Watson, enfin. Soyez les bienvenus. J'espère que les heures ne vous ont pas semblé trop longues. Je vous dirai tout à l'heure pourquoi j'ai préféré que nous ne nous rencontrions qu'à la tombée de la nuit. »

Scène 2

Pour trouver des similitudes entre le tempérament de Georges Labit et le mien, il faudrait mobiliser les ressources d'une imagination pathologiquement hypertrophiée telle celle de Charles Dodgson. Même à la tête d'un revenu de boyard, je n'aurai jamais passé ma jeunesse et le début de mon âge mûr à jouer les émules de Livingstone. Complétant les récits des explorateurs, les musées ethnographiques m'ont comblé depuis des lustres. Je n'y ajoute actuellement que les séances de théâtres cinématographiques triés sur le volet, seule mon odyssée en Afghanistan a fait exception et je n'ouvrirai un guide Baedeker qu'une fois ma trousse professionnelle rangée sur une étagère. Quant à la géographie de l'âme humaine, elle ne varie pas avec les latitudes et aurais-je pu la disséquer plus à fond qu'en collaborant avec Sherlock Holmes ? Non, bien entendu. Ceci dit, je suis le premier débiteur de ceux qui, en sillonnant plaines et océans, m'ont permis de m'instruire sans que je doive quitter mon sol natal. C'est pour cela que la poignée de main a été si chaleureuse entre ce toulousain, héritier potentiel d'un commerçant richissime, et un médecin d'ascendance écossaise dont la relative aisance ne venait que de l'exercice de son métier. Ce n'était pas fréquent à l'époque : mes lecteurs se souviennent qu'à la date où se sont déroulés les événements que je rapporte, les journaux de nos deux pays titraient plus facilement sur les retombées de l'incident de Fachoda que sur un projet d'Entente Cordiale.

Holmes ne se souciait pas plus de mon état d'âme que de ses propres souvenirs d'enfance. Comme pour chaque rencontre avec un client, son regard immobile fixé sur Georges Labit traduisait une disponibilité mentale complète. Je sentais son cerveau dans le même état de tension que celui du jockey d'un favori du Derby dans les secondes précédant le départ. Il allait pourtant devoir patienter, au moins tant que notre commanditaire ne voudrait pas aborder le vif du sujet.

— Monsieur Holmes et vous, Docteur, je dois vous apprendre que cette maison a été construite selon mes plans et avec l'aide financière de mon père. Ce n'est pas mon lieu de résidence proprement dit, bien que j'y passe de longues heures. C'est un musée, ouvert depuis 1893. Un musée offert à mes concitoyens pour qu'ils puissent découvrir les objets les plus divers ramenés ici, à Toulouse, après quinze années de pérégrinations incessantes hors des frontières françaises. L'an dernier, j'étais à Florence, il y a dix ans vous auriez pu me rencontrer en Chine ou au Japon et douze mois auparavant en Laponie. Peut-être nous sommes nous croisés à Londres lorsque vous veniez de signer le bon à tirer de votre *Etude en Rouge*, Docteur Watson, et parcourir l'Europe Centrale ne m'a pas empêché de sillonner plusieurs des pays riverains de la Méditerranée. Je vous laisse supposer tout ce que mes malles ont pu contenir à mes retours. Complétées par les centaines de photographies dont je suis l'auteur, mes collections initient autant à l'art qu'à la vie quotidienne de contrées que la plupart des habitants de cette ville ne sauraient pas situer sur une carte géographique. Avant de remonter dans le train à destination de Calais, vous m'honorerez en acceptant de vous attarder dans les diverses salles aménagées selon mes directives. Ce sera à votre programme de demain, j'espère. Pour l'instant veuillez me suivre sur le derrière, un petit pavillon me sert d'atelier de photographie et de salon privé. Je vais vous donner enfin l'exacte raison de votre venue ici.

Moins d'un quart d'heure plus tard nous étions confortablement assis – le propriétaire des lieux sur un divan, Holmes et moi dans des fauteuils bien rembourrés – et environnés de volutes bleutées. Un domestique stylé avait apporté des biscuits puis servi du Earl Grey, ce qui permit à Holmes de remarquer, le plus doctement du monde, que le breuvage du même nom produit par MM. Twinings, le seul compléta-t-il agréé par la famille Grey, titrait 8 % de bergamote alors que celui de nos tasses en restait à 7,75 %. Nullement vexé, et avant de se lancer dans un nouveau monologue, Georges Labit se borna à nous apprendre que, pour le thé et le café, les produits de la Maison Bacquier, place Victor-Hugo à Toulouse, le satisfaisaient pleinement.

Scène 3

— Si je vous ai informé, Monsieur Holmes, que les préparatifs de mon

mariage me retenaient dans ma ville – ce qui impliquait que vous vous dépla-
ceriez – il n'en reste pas moins que le contenu de mon plus récent télégramme
a pu vous froisser, ce que je comprends tout à fait. Alors que tout était réglé, au
nom de quoi, je vous le concède de bon gré, ne pas juger pour le moins discour-
toise mon absence à l'arrivée du train et à l'hôtel ? Comment ne pas traiter de
mal élevé quelqu'un vous imposant, sans justification, de languir tout un jour
avant qu'ait lieu une rencontre ardemment espérée à lire ses propres termes ?
Je craignais tant de vous voir revenir sur votre décision sans m'en avertir que
j'ai dû prendre sur moi pour ne pas embrasser Carsalade sur les deux joues, en
l'entendant m'annoncer que vous veniez d'arriver sur mon sol natal et que vous
me rejoindriez au musée à l'heure
souhaitée par moi.

Holmes tenait ses deux mains fines
jointes verticalement à la hauteur de
ses prunelles. La droite se détacha
brièvement pour inciter son interlocu-
teur à poursuivre puis il reprit sa position marmoréenne, la tête légèrement
penchée en avant.

— Voyez vous, je ne me suis pas
rendu à la gare parce que j'ai la certitude d'être en danger de mort et, sans
que je sache vraiment pourquoi, cette
situation est en rapport étroit avec ma
requête initiale.

Cet aveu inattendu n'ébranlant pas
mon ami, je m'autorisais des audaces
permises par ma qualité de médecin et
mon expérience de soldat pour avancer une explication de bon sens.

Georges Labit
(Toulouse, Musée Paul-Dupuy)

— Hum, hum, mon cher. Vous nous reparlez de votre mariage et vous vous
dites en péril. Ne doit-on pas plutôt rapprocher l'événement heureux de la menace que vous craignez ? Sans savoir quel est votre âge, j'atteste, en tant que
médecin, qu'il y a plusieurs années que vous avez dû remplir ces obligations
militaires imposées à tout français de sexe masculin. Comme il serait invraisemblable, de surcroît, de confondre votre vie privée avec celle d'un ermite,
puis-je imaginer que la publication de la date de vos épousailles a fortement
choqué une ancienne bonne fortune et que cette personne s'est déclarée prête
à commettre des actes que la désillusion occasionne si elle ne les excuse pas ?

Une réaction instantanée du grand voyageur m'aurait évité de devoir revenir sur cette possibilité, mais, plus lui-même que jamais, ce fut Holmes qui me répliqua.

— Bravo, Watson, bravo. Cette déduction est très fine et, en me concentrant un peu, j'aurais pu la mener à terme moi-même. Ne nous égarons pas, une mise au point s'impose. J'exerce la profession de détective-consultant, Monsieur Labit, et vous êtes mon client. Parce que je peux fixer forfaitairement le montant de mes honoraires, je me pencherai volontiers sur le nouveau problème que vous semblez pressé de soumettre à ma perspicacité bien que je ne sois pas ici dans ce but. Je veux d'abord tenter de résoudre l'énigme, si énigme il y a, sujet de vos lettres réclamant mon intervention. Vous ne parliez que de l'un de vos proches, une personnalité étrangère devant accomplir une mission dans un petit village de votre région. La réunion de ces deux éléments semble tellement incongrue qu'elle vous a surpris, ce qui vous place bien au dessus de ces policiers londoniens disposés à ne voir là qu'une tentative de se moquer de vous. Laissez moi rire d'eux. Watson a prodigué beaucoup d'énergie dans l'espoir d'enfoncer dans le crâne des gens ce qui fait que ma vision des choses est fondamentalement différente. J'aime à dire que ce n'est pas en évitant du pied un caillou qu'on écrase un nid de cloportes et si vous ne partagiez pas mon avis vous ne m'auriez pas sollicité. Foin des préliminaires. Je vous écoute.

— La personnalité étrangère est autrichienne, Monsieur Holmes. Pour que vous compreniez pourquoi nous avons sympathisé, je dois remonter assez loin dans mon propre passé. Ma mère est décédée en 1869, je n'étais âgé que de 7 ans, et mon père s'est remarié avec sa belle-sœur. Si ma tante m'a prodigué sans réserves les marques de la plus tendre affection, il m'a néanmoins manqué une mère pour tempérer la sévérité d'un père accédant progressivement à la réussite professionnelle pour devenir, en ouvrant « La Maison Universelle » en 1878, l'un des toulousains les plus riches. Mon destin était tout tracé : la gestion des sociétés familiales me reviendrait un jour. Pour me former, je suis parti à Paris suivre des études à l'Ecole de Commerce. Dans cette ville de toutes les tentations, ma conduite n'a rien eu d'exemplaire, ce qui ne pouvait que heurter la mentalité rigide du Conseil de Famille et, sans attendre, des exigences sévères m'ont été imposées. Oh, je ne sous-entends pas que mon père m'a placé sur le même pied que ses employés, car il m'a aimé comme on aime un fils, mais un fils placé sous surveillance permanente. De mon côté, je n'avais pas l'impression de vivre avec lui, au mieux nous cohabitions. Cela a duré des années avant que le projet de musée commence à nous rapprocher l'un de l'autre et que mon choix d'épouser une jeune femme d'ascendance très honorable achève de briser la glace qui nous séparait depuis ma jeunesse. Entre temps, la découverte d'horizons lointains m'a permis de devenir moi même, car si je défendais, pied à pied, les intérêts de la Société Antoine Labit, je gardais moralement toute mon indépendance. Très naturellement, partout où j'allais, j'espérais rencontrer des êtres qui, à mon image, se sentiraient profondément dévoués à leur lignée bien qu'en désaccord profond avec, si je peux le prétendre sans exagérer, sa conception du monde. Et c'est ainsi que, lors de mon second séjour à Vienne, en 1887, je me suis lié avec un archiduc maîtrisant parfaitement le français, comme il est d'usage dans son milieu.

— Un archiduc ? lâcha, sans plus, Holmes sur le ton vraisemblablement employé par ce confrère à moi, viennois lui aussi, dont le nom commençait de se répandre parce qu'il garantissait pouvoir soigner les troubles mentaux en laissant pérorer ses patients.

— Oui, Jean-Salvator de Habsbourg, de dix ans mon aîné et partageant la détermination de son cousin Rodolphe, l'héritier du trône d'Autriche-Hongrie, qui projetait de faire entrer sa patrie dans l'âge moderne. Malgré la différence d'origines, nous nous sommes vite découvert des affinités, ayant éprouvé tous deux de semblables frustrations engendrées par la sclérose de l'environnement familial. Nous avons longuement bavardé de l'échec récent de sa candidature au trône de Bulgarie et de l'esclandre causé par son pamphlet remettant en question, de fond en comble, les méthodes d'instruction militaire. Il revenait sans cesse sur son désir croissant de renoncer à ses droits héréditaires pour partir au loin en prenant le nom de Jean Orth, celui de l'un de ses châteaux, mais sans oublier qu'il resterait un Habsbourg, ne pouvant se dérober devant les tâches dont on le chargerait en tant que tel. En l'entendant, je me reconnaissais dans chacun de ses mots. Vous avez bien saisi, n'est-ce pas messieurs, qu'en remplaçant Habsbourg par Labit, et les affaires d'un grand empire par celles d'un négociant toulousain, l'identification devient quasi-parfaite ?

— Ah, ah… Hum… toussotais-je, employant à mon tour la méthode de l'explorateur des profondeurs humaines dont je viens de signaler l'indiscutable originalité des théories (un autre qu'un britannique écrirait sans doute : « excentricité »), continuez s'il vous plaît.

Scène 4

— Nous ne nous sommes plus revus depuis le jour de mon départ pour Berlin, Docteur Watson, mais nous avons correspondu pendant presque deux ans avant cette lettre du 1 septembre 1889, signée Jean Orth. Lisez-là, Monsieur Holmes. Mon ami m'écrivait qu'il allait quitter son pays sans espoir de retour et passerait le reste de sa vie à courir d'une latitude à l'autre. La mort mystérieuse de Rodolphe à Mayerling, à la fin du mois de janvier précédent, avait eu raison de ses derniers atermoiements. Un peu plus bas, vous verrez qu'un séjour en France, dans un village assez proche de Toulouse, était prévu et que l'archiduc en restait là, en justifiant son mutisme par une mission relevant du secret le plus absolu. Auriez-vous réagi différemment à ma place, Monsieur Holmes ? Celui auquel je tenais tant séjournerait près de ma ville et je ne le rencontrerais pas, ne serait-ce qu'une heure ? Je lui ai adressé un pli urgent en le priant de m'informer un peu plus.

— Avec la fougue dont il se vante, Watson aurait fait de même. Sachez, incidemment, que – bien que les proches de Sa Majesté François-Joseph n'aient pas souhaité recourir à mes modestes talents – je n'ai eu besoin que de fumer deux pipes pour percer le mystère de la fin dramatique de Rodolphe et de son amie Marie Vetsera ; reprenons. Avez vous reçu une réponse ?

— Oui. Cette lettre fut l'avant-dernière, prenez là. Elle est datée du 16 octobre. En m'enquérant, depuis, auprès d'un correspondant commercial de mon père, j'ai appris que Jean Orth a quitté Vienne ce jour-là. Le texte en est tellement court que je puis le réciter sans erreur : « Si je vous confirme que je dois me rendre dans le village de Rennes-le-Château, assez proche de votre ville, je ne vous donnerai pas de date. Ma mission m'impose de refuser IMPÉ-RATIVEMENT de vous voir. Adieu ». Inutile de m'étendre sur le chagrin que m'a causé le mot final. Heureusement, l'ouverture imminente de l'exposition d'une partie de ce que je venais de ramener d'Extrême-Orient m'a procuré une diversion.

Je le dévisageais en train d'incliner un peu la tête pour placer sa prochaine cigarette à portée de l'allumette abritée au creux de la paume. Cet homme souffrait d'une profonde solitude morale. Pourquoi ? Je n'en sais rien. S'en débarrasserait-il un jour ? Je ne le croyais pas. Certains maux ne tuent pas, ils vous suivent comme votre ombre tout au long d'une vie car la médecine ne sait pas les guérir. Mon comportement montra-t-il ostensiblement que je refusais de m'accommoder de cette impuissance ? Sans doute puisque, lâchant une imposante bouffée de fumée, Georges Labit se tourna machinalement de mon côté et non vers Holmes.

— Bâties sur un piton au Sud de Carcassonne, les maisons de Rennes-le-Château n'abritent que 300 âmes. Carcassonne, Docteur Watson, est une cité relativement importante, siège d'un évêché, située à un peu moins d'une cen-taine de kilomètres en quittant Toulouse vers l'Est ; j'aurai admis, à la rigueur, que Jean Orth doive s'y rendre. Je me garderai d'insister devant vous sur la force des liens historiques et religieux unissant l'Autriche-Hongrie et Rome puisque chacun sait que l'empereur possède le droit de se mêler de l'élection d'un pape [1]. Que mon ami ait été chargé d'approcher un Prince de l'Eglise

[1] Il s'agit du droit d'exclusive, également détenu par les rois de France et d'Espagne et utilisé,

dans son palais ne m'aurait, somme toute, guère étonné, mais Rennes-le-Châ-teau... Que diable allait-il faire dans cet endroit perdu ? Et pourquoi achever sa lettre en écrivant avec une telle sècheresse que tout était fini entre nous ?

Pour que notre client vide vraiment son sac, nous ne devions pas lui donner la possibilité de s'extasier devant la coïncidence qui faisait que, nous, nous connaissions fort bien Rennes-le-Château, son curé et l'évêque de Carcassonne [1]. M'efforçant d'adopter la même impassibilité que Holmes, je jetai mon dévolu sur un autre cigare, le laissant à sa pipe, la courte en merisier dont il disait qu'elle stimulait ses facultés intellectuelles.

— Ce que je viens de vous narrer, Messieurs, date de presque dix ans et je me le remémore souvent. Trop souvent. Je n'ai pas tout à fait terminé. Quelques semaines s'écoulèrent avant la réception d'une grande enveloppe. Postée à Valdivia, un port chilien, elle ne renfermait qu'un bref billet, avec les mots « Vu à Rennes-le-Château. J.O. », et deux croquis sommaires, du genre de ceux que font parfois les touristes, qui m'ont paru représenter des pierres funéraires assez anciennes. Sans temporiser, je les ai soigneusement placés dans un classeur. Ils y sont restés, vous les étudierez si vous le souhaitez. Pendant des années, soit jusqu'à la semaine dernière pour bien me faire comprendre, je ne leur ai guère attribué une valeur autre que celle du souvenir car le Destin s'est chargé très vite de m'ôter l'espoir de revoir mon ami. Je ne peux même pas me rendre sur sa tombe puisque les journaux ont annoncé sa disparition dans le naufrage de son bateau, au large de la Patagonie, en 1890. Seulement, à l'heure où, avec mes noces et ma réconciliation avec mon père, ma propre destinée change, à son tour, d'orientation, j'ai voulu guérir de cette obsession insidieusement devenue morbide, j'ai voulu avoir des réponses. Pourquoi cette rupture ? Quel mystérieux mobile a amené Jean Orth à Rennes-le-Château, bon sang de bois ? Il n'y a pas, Monsieur Holmes, d'intelligence plus apte que la vôtre pour résoudre de telles énigmes. Malheureusement, faire appel à vous en étant réduit à me targuer d'une bonne connaissance de l'œuvre littéraire du Docteur Watson revenait à assumer le risque d'une fin de non recevoir. Si je vous accueille avec un vif plaisir, ce n'est pas parce que vous avez cédé à mon obstination, c'est parce que vous voir en chair et en os prouve que je ne me suis pas trompé en jugeant mon problème digne de vous.

— Rengorgez vous cher Watson sans qui nul ne saurait que je répugne viscéralement à perdre mon temps, ne serait ce que l'espace d'un clin d'œil, avec les devinettes enfantines corrobora Holmes, à sa manière, en se redressant un peu dans son fauteuil et sans paraître attacher de valeur à l'histoire des deux schémas. Au travail et commençons par le commencement. Monsieur Labit, en

---

en 1903, par François – Joseph contre le cardinal Rampallo.

[1] Voir : « L'aventure des curés fortunés », op.cité.

débutant cet entretien, j'ai tenu à redire que la seule idée de la mission d'une notabilité étrangère dans un village français me suffisait parce que faisant

désordre et j'aurai pu ajouter que votre La Palice m'aurait précédé dans cette voie. En vous épanchant devant nous avec tant de confiance, vous dévoilez les éléments qui étayent solidement ma conviction initiale. Fut-il partiellement en rupture avec sa famille, un archiduc est plus que quiconque une pièce artificiellement rapportée dans un lieu aussi perdu que Rennes-le-Château. Il en résulte qu'un fait seulement étonnant en première approche devient tout ce que l'on voudra sauf, à la lettre, négligeable pour qui s'efforce de réfléchir et j'aimerai que Watson nous instruise en nous donnant son opinion. Glissons sur le mot « Adieu », à la fin de la lettre du 16 octobre, je n'ai rien là à vous apporter en dehors du rappel d'une évidence qui vous a, et je le comprends aisément, échappé. Votre chagrin vous a masqué une dure réalité. Quand Jean-Salvator de Habsbourg devient Jean Orth, quand un être de cet acabit choisit de rompre avec son milieu et sa famille, il s'impose ipso facto de ne plus regarder en arrière. Votre amitié a été sacrifiée à la transformation d'un archiduc en aventurier et c'est tout. A vous Watson, que pensez vous du seul véritable mystère ?

Je voyais distinctement où Holmes voulait en venir. Il ne se débarrassait pas à mes dépens d'un problème insoluble mais me passait la main, sans qu'il soit besoin de ces grands signes de connivence réservés aux partenaires inexpérimentés. A moi le premier jet. A lui de parfaire le tableau et d'y apposer sa signature.

— Mon ami Holmes vous dira que de telles histoires ressemblent aux tours des illusionnistes. Le spectateur le plus méfiant n'en détecte pas les mécanismes, pourtant simples, parce que l'artiste trompe sa vigilance en attirant son attention sur des gestes sans intérêt. Je crois que, dans le cas qui vous préoccupe, vous avez de même frôlé la vérité sans la déceler. Et ceci parce que, contrairement à ce qui vous obsède, la bonne question ne doit pas être : « Pourquoi Jean Orth s'est-il rendu à Rennes-le-Château » ?

Assez content de moi je me tus tel l'écolier achevant d'ânonner scrupuleusement la règle de grammaire latine que le Maître va illustrer par une citation de Virgile. En pratique j'eus droit à une passe d'armes un peu nerveuse.

— Watson ayant vu clair, quelle est, selon vous Monsieur Labit, la bonne question ?

— Il me semble que si je pouvais répondre vous ne seriez pas ici tous deux.

— Vous n'avez pas manqué de le souligner, progressons donc un peu. Je confirme que vous et Watson disposez, dorénavant, de tous les éléments nécessaires pour formuler cette bonne question, mais je veux bien convenir que, faute d'habileté de votre part, je dois me charger de mettre le puzzle en ordre sans votre aide. N'insistiez-vous pas sur ce qui rapproche la Double Monarchie et l'Eglise Catholique ? Partant de là vous ne pouvez que vous demander : « Qui attendait Jean Orth à Rennes-le-Château ? » et conclure dans la seconde suivante : « Le curé ».

Scène 5

Si, poussé par la curiosité, le domestique qui nous avait servi le thé se tenait derrière la porte, ses oreilles ont dû gravement souffrir en entendant les vociférations désordonnées de Georges Labit : « Un curé de village ? Que dis-je le curé inconnu d'un village isolé… Pourquoi ? Pourquoi une rencontre entre le membre d'une famille éminente et ce prêtre obscur parmi les obscurs… Soi-disant pour remplir une mission… confidentielle qui plus est ? Quel lien avec un personnage qui doit ressembler à un paysan en soutane et en galoches ? ». Holmes laissa revenir le calme en lâchant une rafale de bouffées sentant les épices et le miel. Depuis que nous avions reçu, à Baker Street, John Flanders, un navigateur flamand venu nous relater une sombre histoire d'assiette de Moustiers, il s'était entiché du tabac de Hollande que celui-ci nous avait offert et le fourneau de sa pipe ressemblait souvent à une tête exagérément chevelue.

Je l'accompagnais avec mon Coronas, un mutisme provisoire me protégeant contre les impairs. Finalement, le claquement de l'étui à cigarettes, se refermant une fois encore, marqua le début de l'une de ces exégèses typiquement holmesiennes dont mes lecteurs possèdent de multiples exemples.

— Une rencontre entre Jean Orth et l'évêque de Carcassonne ne vous aurait pas surpris, Monsieur Labit. Je ne sais rien de moins réaliste, pourtant. On ne confie pas une mission diplomatique quelque peu délicate à celui qui se place volontairement en marge. Par contre, pourquoi ne pas l'affecter à une tâche du même ordre, mais plus subalterne, par exemple vérifier l'utilisation de fonds spéciaux d'origine officielle ou semi-officielle ? L'empereur d'Autriche préférerait que la France soit un royaume et son gouvernement sait, comme vous le savez vous-même, que dans votre pays, plus encore dans cette région méridionale, une myriade de prêtres partage cette opinion ou l'a partagée car les temps changent. Qu'à partir de là ces prêtres aient bénéficié, en sous-main, de largesses ne provenant pas de caisses républicaines relève de l'ordre des choses.

Le fumeur invétéré approuva d'un signe discret sans marquer la moindre impatience.

— C'est vrai, m'exclamais-je, je me souviens parfaitement que l'article nécrologique du « Times » annonçant, en 1886, le décès de la Comtesse de Chambord, la veuve du dernier prétendant au trône de France, s'étendait sur son appartenance à un groupe de donateurs subventionnant les prêtres aux faibles ressources politiquement bien pensants.

— Et où résidait cette dame Watson ? À Froshdorf, en Autriche. Ne vous souvenez vous pas de l'avoir lu dans cet article ? Ah cela vous revient… puis-je en terminer alors ? Jean Orth ne s'est rendu à Rennes-le-Château que pour vérifier que le curé du lieu utilisait bien pour le compte de l'Église, et non pour le sien propre, les sommes qui ont pu lui être remises. Si, sans avoir besoin de trop chercher, on découvre un jour que ce prêtre n'a jamais caché tout le mal qu'il pense de la République, ne comptez pas sur moi pour paraître étonné.

Le silence revint. Satisfait de sa petite démonstration, Holmes s'apprêtait à entendre nos objections avant de s'offrir un plaisir supplémentaire. Celui de les mettre à bas. Par courtoisie je m'inclinais vers Labit pour l'inviter à s'exprimer le premier.

— Humm… Voui, voui… Monsieur Holmes. Votre proposition est cohérente, mais je tiens à faire remarquer vigoureusement qu'il ne s'agit que d'une hypothèse. Je comptais sur mieux venant de vous. Sur une certitude pour employer le seul mot convenable.

Avant de répondre mon ami se leva et arpenta la pièce les bras dans le dos. J'ai écrit ailleurs que son maintien imitait parfois celui d'un acteur de théâtre. Un acteur de talent, s'entend, pas un cabotin. L'une de ces individualités conscientes de leurs capacités et qui n'apprécient pas de les voir sous-estimer à tort. Georges Labit dut le ressentir sans équivoque à l'éclat des deux yeux gris qui se fixèrent sur lui.

— L'accoutumance n'y fera rien. Je serai stupéfié jusqu'à mon lit de mort par cette facilité qu'ont les gens de mépriser l'essentiel, que dis-je, un essentiel plus visible que les affiches électriques de Piccadilly Circus. Je ne parviens à démasquer l'auteur d'un méfait qu'en pratiquant la réflexion méthodique à partir de broutilles matérielles. En lisant la version finale de la narration sur laquelle Watson s'échine, vous serez ébahi par ce que j'ai pu déduire en examinant la canne oubliée par un visiteur. M'avez-vous apporté de tels indices ? Non. Vous m'avez soumis un problème purement formel, presque un jeu de logique, et ma réponse est de même essence, tout simplement parce que, dans un tel cas, c'est en excluant l'impossible pour laisser la place libre à l'improbable qu'on chemine vers la solution. Si Jean Orth avait simplement voulu découvrir la région de Rennes-le-Château, des instructions venues de haut ne s'imposaient pas ; si on l'avait chargé d'acquérir une pièce conservée sur place, relique ou objet historique, la discrétion n'était pas de mise. Je m'arrête là. Vous n'interviendrez pas de nouveau, car je constate que Watson s'agite. Lui non plus n'est pas satisfait.

A moi de jouer. J'énonçai mes propres commentaires tout en étant parfaitement conscient du triste sort qui les attendait.

— Vous ne sauriez mieux me pousser à expliciter mes réticences. Je désire, en effet, fortement que vous m'éclairiez sur deux riens qui retiennent mon attention au point de m'empêcher, momentanément, de vous applaudir, attaquais-je en prenant l'air un peu badin de celui qui cherche à détendre l'atmosphère. Avant tout un étranger, inconnu, aurait-il pu demeurer inaperçu à Rennes-le-Château ? Je ne le crois pas. En corollaire, vous avez dit vous même que les curés royalistes soutenus financièrement étaient nombreux. Envoyer un émissaire différent auprès de chacun augmentait la probabilité de voir l'un d'entre eux se faire remarquer et exiger d'un seul qu'il se rende partout impliquait le même risque. Circulant de région en région, il laisserait obligatoirement des traces un jour ou l'autre.

— Je crains de ne pas davantage comprendre pourquoi on ne me croit pas, Watson, lorsque je proclame à tous vents que vous m'êtes indispensable !!! Sans vos réticences – comme vous dites – je ne songerai pas à annexer à mes conclusions des notes pour encéphales obtus. Sur le premier point, il est fort possible que le passage d'un touriste à accent ait été enregistré par la brigade de gendarmerie locale qui n'a pas manqué de rédiger au plus vite un procès-verbal, les règlements ne l'imposent pas moins sévèrement en France qu'ailleurs. La différence est qu'ici ce procès-verbal a suivi la « voie hiérarchique », grimpant d'un échelon administratif au suivant sans en omettre un seul. Relu et approuvé par un officier, le document a été envoyé à la sous-préfecture puis a traîné à la préfecture avant d'atteindre les bureaux du ministère. Le tout a pris un temps dont je n'oserai estimer la durée et le ministre, enfin prévenu mais surchargé de problèmes étiquetés : « urgent et prioritaire », a rangé le dossier dans un tiroir. Le gratte-papier qui l'en sortira par inadvertance, un jour ou l'autre, l'enverra aux Archives Nationales par le chemin le plus court. Ainsi va la vie des fonctionnaires publics en France, mon pauvre Watson, et, si je me fie à ses mimiques, Monsieur Labit ne doit pas être le seul électeur de ce pays à s'en irriter. Continuons donc. Les prêtres catholiques se connaissent et se fréquentent, en particulier s'ils sont politiquement du même bord. D'une paroisse à la paroisse voisine, entre les limites d'un diocèse, et finalement d'un diocèse à l'autre, un solide réseau unit forcément les curés royalistes français. Ne le contestez pas, le processus qui a engendré cette toile d'araignée est aussi naturel que l'évolution des espèces, gloire soit rendue à Charles Darwin. La pérennité d'une telle structure implique la mise en place, ici et là, de responsables de confiance qui supervisent, coordonnent et centralisent. Je sens que vous alliez le dire ce qui m'impose de vous laisser achever.

— Rencontrer ces chargés de gestion permet de s'assurer du bon fonctionnement de l'ensemble. Un unique envoyé y suffit , une petite équipe au pire ; en réduisant le nombre des contrôleurs et le nombre des contrôlés, l'organisation évite de se mettre en péril. C'est bien cela, Holmes ?

— Ni plus, ni moins. Je ne vous en veux pas, mais vous devriez vous enfoncer dans la tête qu'à la longue il devient un peu pénible pour moi de devoir systématiquement entrer dans les détails.

J'avais beau être endurci, je m'attendais presque, ainsi que je l'écrivais, à voir Holmes saluer tel un William Gillette entrouvrant le rideau baissé du Lycéum Theater. Il s'en tint, modestement, à regagner son fauteuil, prêt à subir un nouvel assaut de Georges Labit. Je pensais donc à Bonaparte au soir du 18 juin 1815. Et effectivement…

— Parfait, Monsieur Holmes, parfait. Rien à reprocher. Votre conclusion a le triple avantage de ne rien oublier de ce qui est acquis, d'éclairer les zones d'ombre et d'écarter la fantaisie. Autrement dit, de débarrasser ma conscience de quelques miasmes. Pas de tous. Nous n'en avons pas terminé avec Rennes-le-Château, mais je vous confesse que je me sens apaisé à propos de ce premier épisode. Apaisé tout en tenant à l'usage du mot « hypothèse », la seule acceptable parce que la seule rationnelle, celle qui me rassure sans ambiguïté et à laquelle il manque ce qui a fait votre gloire : la validation par les faits.

— Vous voudrez bien noter que Watson, le seul à qui j'accorde, sans limites, le droit d'expertise critique sur mes résultats, ne prononce plus un mot. Et que vous faudrait-il pour cette validation pour reprendre votre propre terme ? Que l'on décortique la comptabilité du curé ? Pourquoi pas ? [1] Peut-être un jour par hasard… oui, par hasard, car avec l'évolution politique de votre pays le sentiment royaliste est en voie de disparition irrémédiable. Ce prêtre que Jean Orth a rencontré, il y a dix ans, est voué à l'oubli le plus profond. Si quelqu'un doit exhumer son histoire ce sera un chercheur dont la réputation ne s'étendra pas au delà des alentours de Carcassonne. Il signera un bel article dans un bulletin lu par un groupuscule d'autres érudits du voisinage puis le silence tombera pour l'éternité. C'est une autre de mes convictions et des plus solides, je vous prie de le croire.

Devais-je en croire mes oreilles ? Le Holmes, intellectuellement si prudent, que je fréquentais depuis dix-huit ans, s'effaçait de nouveau derrière un Holmes méconnu. Celui-ci prophétisait sans se gêner la disparition de Bérenger Saunière dans les oubliettes de la mémoire. Peu m'importait de savoir si l'avenir lui donnerait un jour raison. J'avais la tête ailleurs et soupirais d'aise, sans trop de discrétion, parce que le nom de Moriarty n'avait pas été prononcé une seule fois.

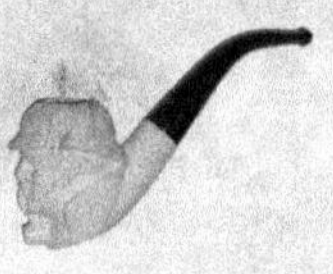

---

[1] Voir Laurent Buchholtzer « Octonovo » : *Rennes-le-Château, une affaire paradoxale*, éditions de l'Oeil du Sphinx, 2008.

Acte 5

Scène 1

Un moment purement tabagique s'écoula. Il me parut assez long, car mon souci de politesse envers les continentaux m'empêchait de fouiller mon gousset à la recherche de ma montre. Je sentais que Holmes venait des s'attribuer le rôle de muet du sérail et qu'il désirait, cette fois, que je l'imite. Contraint par le poids des bonnes manières, ce fut donc Georges Labit qui brisa le silence d'une voix un peu hésitante.

— Vous voudrez bien excuser une insistance due à l'habitude des discussions entre négociants. Monsieur Holmes, me confirmez-vous que je peux en venir à cet autre ennui surgit il y a peu de jours ?

— Faut-il que vous soyez bouleversé pour ne plus oser sortir, vous qui vous êtes rendu aux confins des terres habitées, faut-il que votre lucidité soit affectée pour que vous me soumettiez pour la seconde fois une requête à laquelle j'ai répondu en m'engageant à ne ménager ni mon intelligence, ni mon énergie. Vous veniez de motiver votre absence à la gare par une corrélation positivement déconcertante, selon vos propres paroles, entre une menace et le mobile de votre appel à moi et, commentant mon explication de la venue de Jean Orth à Rennes-le-Château, vous ajoutez que nous ne voyons pas le bout du chemin. Qu'en déduire de concret ? Que nous allions quitter Londres quand un événement totalement imprévu s'est produit, qu'impressionné et parant au plus pressé, vous vous êtes claustré pour attendre notre venue, que cet événement a à voir directement avec Rennes-le-Château et que ce n'est pas là, à votre avis, le moins surprenant. Tout ceci restera sans le moindre sens pour moi, n'est-ce pas Watson, tant que je ne saurai pas en quoi a consisté l'événement en cause.

— Et que devient ma suggestion initiale ? osais-je. Monsieur Labit a pu ouvrir sa porte à un intime d'une ancienne relation amoureuse venu donner libre cours à sa rancoeur en employant un vocabulaire que nous autres laisserions sans regret à certaines classes sociales très particulières. Parce que j'ai joué au rugby, je me suis laissé glisser à l'oreille que si les gens du Sud-Ouest de la France ne craignent pas d'être excessifs en paroles, leurs actes ne suivent pas. Heureusement pour les arbitres de ce noble sport dont la corporation, sinon, aurait disparu prématurément, les morts violentes succédant sans répit aux morts violentes.

Et, ayant marqué une pause pour signifier que je tapais symboliquement du poing sur une table, j'affirmais sans mollir :

— D'où je déduis que quelqu'un d'averti parce que né ici ne peut pas se laisser déstabiliser par ce genre de hâbleries…

— … autrement dit qu'il faut chercher ailleurs, s'interposa Holmes. Pardon de vous interrompre une fois de plus, Watson. Si vous vous mettez à jouer les chevaux de bois tournant en rond je préfère empêcher le manège de s'emballer.

Avant que je réplique, Georges Labit nous renvoya dos à dos. Un comble bien que je puisse qualifier son intervention d'assez flatteuse pour moi. Il se leva et me tapa sur l'épaule, avant de prendre chapeau et pardessus.

— Vous me semblez avoir saisi d'essentielles spécificités de la psychologie régionale, Docteur, et, avec justesse, vous refusez de me ranger parmi ces pusillanimes affolés par les vociférations de brailleurs enracinés sur le bord des terrains de sport parce que courir plus de cinq minutes à la poursuite d'un ballon ovale les épuiserait. S'il ne s'agissait que de ce que vous envisagez, vous n'en auriez pas eu vent et je vous aurais salués ce matin sur le quai. Laissez moi, malgré tout, vous complimenter pour votre finesse et l'excellence de vos qualités d'analyste. Oui, j'ai fréquenté longuement et intimement Angèle, une toute jeune femme qui a choisi d'entrer au couvent dans les jours suivant la publication de la date de mes fiançailles. Notre rupture a nettement déplu à son frère, un rien du tout ne voyant son futur que dans la situation d'un parent par alliance, pensionné à vie par mon père ou moi. Ce vaurien se répand dans Toulouse en me vouant aux gémonies, en clamant qu'il se vengera. Si cela l'amuse, il peut continuer jusqu'à la nouvelle apparition de la Comète, dans dix ans. Son excitation verbeuse n'est pour rien dans mon angoisse ; c'est bien un toute autre motif qui fait que j'ai peur au fond de moi-même, peur d'être assassiné.

— Sans oublier, s'amusa Sherlock Holmes, que seule une audace qui vous honore, Watson, vous a permis de poser en tant qu'axiome que les amours de jeunesse de Monsieur Labit ont eu pour cadre Rennes-le-Château.

Se gardant de fournir son avis, le principal intéressé par cette évocation d'anciennes amourettes se dirigea vers la porte. Holmes détestant qu'on prenne des initiatives à sa place, quelque futile qu'en soit l'objet, nous lui emboîtâmes le pas à notre corps défendant

— A cette heure-ci, Messieurs, je ne crains plus de sortir. Si nous marchions un peu ? Vous n'avez pu vous en apercevoir, mais ma villa est toute proche du Canal du Midi. Tout en étant particulièrement appréciées de mes concitoyens, les berges sont tranquilles à cette heure, nous profiterons de la douceur ambiante et j'en viendrai à l'origine de mon désarroi. Bien que nous n'en soyons qu'à la moitié de l'hiver, tous les toulousains savent depuis leur enfance qu'ici le printemps laisse entrevoir très tôt un bout de nez.

Scène 2

Tout en gagnant le bord de l'eau, je notais intérieurement que l'expression « douceur de l'air » doit avoir un sens particulier à Toulouse. La température nocturne ne devant pas atteindre les 40 degrés [1] me fit regretter assez amèrement d'avoir laissé à l'hôtel mon long manteau gris. Péniblement déchiffrés un jour d'ennui à l'aide d'un dictionnaire, les mots d'un poète français dont j'ai oublié le nom me revinrent : « Une obscure clarté qui tombait des étoiles » (je cite approximativement). L'endroit ne baignait, en effet, ni dans la lumière, ni dans l'ombre, en raison de l'assez grand espacement des lampadaires. De la lumière, on en distinguait pourtant énormément non loin de là. Pour nous expliquer d'où elle venait, Georges Labit désigna successivement sur notre gauche un élargissement du canal, le Port Saint Sauveur, lieu d'étape pour les mariniers, puis vers la droite, derrière un viaduc, de chemin de fer plongé dans le calme nocturne, le pont que nous avions franchi en nous rendant chez lui et sur lequel circulaient des tramways.

En nous emmenant là, notre client savait à quoi s'en tenir. Il était trop tôt dans l'année pour que les flâneurs se bousculent et nous n'en rencontrâmes pas une dizaine. Sous les platanes dont la hauteur accentuait l'impression de nef d'église, nous sommes restés là une bonne demi-heure allant et venant à grandes enjambées sur une courte distance. Holmes, marchant à gauche, et moi, encadrions, en le dominant des

---

[1] Watson utilise l'échelle Farenheit.

épaules, un Georges Labit qui monologua d'abord à mi-voix. Pris par son récit aucun de nous ne pensait plus à fumer

— Je vous attendais dans un peu plus d'une semaine, le jour où un commissionnaire m'a remis une carte au nom du Professeur retraité Francis Homomorphe (Nowhere University), carte sur laquelle je lus, avant de la froisser machinalement, à peu près ceci : « Avant son départ de Toulouse, à la fin du Congrès Fermat-Stieltjes, souhaiterait être reçu par Monsieur Georges Labit ». Averti de la tenue de ce colloque scientifique, organisé en hommage à l'œuvre de deux illustres mathématiciens locaux, je crus que l'un des participants brûlait de visiter mon musée en privé. Appréciant cette démarche, j'envoyais, par exprès, un mot pour faire savoir que je serai heureux de me rendre disponible le surlendemain à dix heures du matin et que j'avais l'honneur de lancer une invitation à prendre, avec moi, le repas de midi au Restaurant Bibent. Le jour dit, mon domestique a introduit un personnage extrêmement grand et mince, au front bombé formant une courbe pâle, aux yeux profondément enfoncés dans leurs orbites. Glabre, livide, la mine ascétique, gardant quelque chose du professeur dans son allure. Il avait les épaules voûtées par les études et son visage proéminent oscillait en permanence d'un côté à l'autre, d'une manière étrangement reptilienne. Il me fixa de ses yeux plissés avec une intense curiosité [1].

Tandis que Georges Labit se taisait et marquait le pas pour reprendre son souffle, je bouillais de rage impuissante devant ce portrait, copie conforme de celui sorti de la bouche de Holmes un jour de fin avril 1891. Un Holmes que ce qu'il venait d'entendre laissa muet et aussi imperturbable que la lecture des brochures fustigeant la vie privée du Prince de Galles de l'époque. Sourd, qui plus est, au bruit de ma série d'éternuements impromptus, causés par la fraîcheur, il réagit uniquement en se remettant en marche le premier dans l'attente de la suite.

— L'homme – qui parlait un français parfait avec néanmoins un accent anglais presque aussi prononcé que le vôtre, Docteur – ne me laissa même pas le guider vers le mur orné de clichés pris en Suisse. Jetant son porte-documents sur un guéridon, il en tira deux feuilles de papier et me les tendit en me lançant sur l'air de celui qui va vous cracher à la figure : « Je viens pour ceci, exclusivement pour ceci ». Baissant instinctivement les yeux, j'ai reconnu la copie des deux schémas envoyés par Jean Orth depuis l'autre hémisphère. Étonné, sans plus, je me suis décidé à les examiner consciencieusement. À leur réception, je vous l'ai dit, je m'étais empressé de les ranger avec les autres lettres de mon ami ».

---

[1] Extrait de Arthur Conan Doyle : *Le dernier problème*, traduction Eric Wittersheim, Omnibus, 2006.

Peu à peu Georges Labit s'énervait ou s'excitait, je ne saurais trancher à coup sûr. Son ton montait, son élocution devenait saccadée et son teint virait au rouge.

— Que voit-on sur ces dessins ? Vous le vérifierez vous-même, rien qui corresponde à ce que cet Homomorphe devait m'asséner peu après. Sur l'un le contour d'un stèle funéraire à l'intérieur duquel on lit l'épitaphe d'une marquise morte en 1781, un texte maladroitement gravé, bourré de fautes et qui ne prouve qu'une chose. Son auteur devait savoir à peine lire et écrire. Sur l'autre un rectangle schématisant, je suppose, une dalle portant quelques mots en latin, dépourvus de sens, encadrés à la verticale par des alignements de lettres grecques qui ne doivent pas en avoir davantage et accompagnés de graffitis du genre de ceux que les prisonniers laissent sur les murs de leurs cellules. Visitant le cimetière de Rennes-le-Château, Jean Orth est tombé sur ces restes d'un autre âge qui ne peuvent posséder qu'une valeur archéologique mineure. Les estimant pittoresques, il les a reproduits sur son carnet de notes tandis que moi je les aurai photographiés. C'est tout, c'est moins que rien mais, hélas, le sinistre bonhomme qui se penchait vers moi me fit vite comprendre son refus d'une interprétation prosaïque. »

Scène 3

Nous continuions d'arpenter le bord du canal. A l'approche des péniches amarrées pour la nuit, Holmes nous imposait, sans lâcher un mot, de faire demi-tour, puis récidivait en entendant sonner la cloche d'un tramway. M'appliquant à calquer mon mutisme sur le sien, je sentais qu'il anticipait sur les révélations à venir et préparait son plan d'action.

— Mon visiteur, continua Georges Labit, s'écarta un peu pour s'asseoir sans que je l'y invite puis m'intima de me taire et de l'écouter. Il savait, me raconta-t-il, que je détenais ces croquis depuis dix ans, ce qui m'avait largement laissé le temps – et, arrivé là, il éleva la voix tout en martelant ses mots pour accentuer la gravité des phrases qui allaient suivre – de m'amuser de leurs bizarreries avant de réaliser que je pouvais prendre modèle sur le héros d'un conte de M. Edgar Poe et procéder à un décryptage. Heureuse initiative puisque, une fois terminée, cette opération m'avait permis d'acquérir une information dont la valeur réelle m'échapperait toujours alors qu'elle présentait pour lui, Homomorphe, le plus extrême intérêt, sans qu'il soit parvenu à se la procurer malgré des investigations poussées. Le temps manquait terriblement, enchaîna-t-il, ne serait ce que parce que dilapidé en vain pour étudier une maquette de la stèle et de la dalle, prétendue trouvaille espagnole d'un nommé Pépé. D'où il découlait que, dans un contexte où chaque heure valait plus cher que la précédente, je pouvais me montrer utile en acceptant de conclure un arrangement.

Estimant ce discours aussi fumeux que les sermons entendus à Saint Pétersbourg, lorsque je fus l'un des représentants de la ville de Toulouse aux obsèques du tsar de Russie, je tentais de l'interrompre en demandant poliment, d'un air naïf, ce qui lui donnait le droit de m'impliquer dans un salmigondis auquel je ne comprenais goutte. Peine perdue. Feignant de ne pas m'entendre, Homomorphe continua pour en venir aux termes de la convention à passer entre lui et moi. En échange de la communication de ma version déchiffrée, complétée par ma promesse de garder pour moi l'intégralité de ma découverte, ma tranquillité serait garantie aussi vieux que je vive. Dans le cas contraire, un malencontreux accident pourrait, sous peu, mettre fin à mes jours sans que personne ne sache la véritable raison de ce malheur frappant ma famille à l'improviste.

Cette insinuation finale me convainquit que je ne faisais pas face à un doux illuminé – si j'en crois la rumeur, il n'en manque pas dans le milieu des mathématiciens – mais à un déséquilibré mental agressif, un rat de bibliothèque souffrant de troubles pathologiques et tombé par le plus grand des hasards sur les pièces réunies à l'occasion de recherches sur les familles nobles des environs de Carcassonne. Dit autrement, l'un de ces obsédés qui dilapident leurs forces mentales en s'acharnant à découvrir un mystère là où il est avéré qu'il ne s'en trouve pas. Peut-être, dans son délire, se voyait-il, devenant le Champollion de cette fichue dalle et obtenant, par là, une notoriété que lui refusait, injustement à ses yeux, la communauté universitaire. Sans l'éventualité d'un geste violent, la simultanéité de l'incident et de votre déplacement, Monsieur Holmes, m'aurait, en premier lieu, amusé mais craignant que ce malade n'envoie son poing ou son pied dans l'une de mes vitrines, je marquais d'une ou deux phrases courtoises la fin de l'entretien. Récupérant sa canne et ses gants, Homomorphe se leva sans protester pour changer radicalement d'attitude une fois sur la chaussée. « Demain samedi, hurla-t-il en agitant son bras libre, vous ferez imprimer, à mon attention, dans la rubrique « communications privées » des journaux *La Dépêche*, *L'Express du Midi* et *Le Rapide* une note fixant l'heure à laquelle je peux venir, lundi, pour la remise du texte. A bientôt, pour la dernière fois. »

Je le vis s'éloigner, toujours voûté, vers l'Allée des Demoiselles. Vous vous doutez que je n'avais nullement le dessein de céder à son injonction. D'ailleurs pouvais-je sérieusement le prendre au mot ? Absolument pas. Ses menaces latentes sortant d'une cervelle fatiguée ne reposaient sur aucun fondement. N'ayant nullement l'intention d'en venir aux actes et ne voyant rien en lisant la presse du lendemain, il quitterait Toulouse en emmenant avec lui son idée fixe. Je refermais donc ma porte d'une main qui ne tremblait pas en me jurant de ne rien oublier de cette rencontre sans précédent lorsque j'en ferai part, sur un ton humoristique, à ma fiancée, Louise, et à sa famille à la fin du déjeuner du dimanche.

Nous forçant à l'imiter, Holmes s'était arrêté semblant nous oublier pour ne s'intéresser qu'à une péniche qui approchait, sans bruit, tirée par un lourd cheval progressant lentement. Calquant minutieusement, une fois de plus, mon attitude sur la sienne, je contemplais cette masse dominée par un seul fanal. Mon regard venait d'aller du linge séchant sur un fil, tendu le long du pont, à la silhouette indistincte du marinier dans sa cabine quand, derrière moi, la voix de Georges Labit jaillit de nouveau.

— Lundi matin je me suis rendu très tôt au musée, vers 8h30 environ. Sur le trottoir, Homomorphe attendait.

<h1 style="text-align:center">Scène 4</h1>

Négligeant le chaland, Sherlock Holmes se retourna et ouvrit enfin la bouche, dévoilant, en un éclair, un aspect de sa personnalité généralement peu apprécié des chenapans de haut vol. Celui de l'homme d'action pratiquant à toutes fins utiles le baritsu et la boxe anglaise et redressant, s'il le fallait, un tisonnier tordu à la force du poignet.

— Homomorphe… Le choix de ce nom à la place d'Endomorphe, Iso-morphe ou de je ne sais quel autre terme mathématique ne modifie rien sur le fond, grommela-t-il pour commencer de manière à ce que je sois seul à entendre. Monsieur Labit, vous souteniez, il y a peu, qu'aussi irréfutable que soit la rationalité des arguments menant à une hypothèse, la validation par les faits demeure une obligation impérative. Vous voilà, ma foi, en train de nous mettre involontairement sous le nez une brillante illustration de cette asser-tion. Watson qui sait à quoi je fais allusion ne tentera pas de me démentir cette fois-ci. Si vous le permettez, nous allons regagner le Musée pour terminer cette conversation. Vous me rapporterez, sans rien omettre, ce qui s'est produit il y a 3 jours avant que je vous fasse diverses révélations et que nous prenions les dispositions qui s'imposent. Je dis bien qui s'imposent car vous verrez qu'il n'y aura pas d'alternative.

*Intérieur de la maison de Georges Labit
(Toulouse, Musée Paul-Dupuy)*

Et sans un mot de plus, il repartit vers le Musée, nous imposant de le suivre, en haletant un peu, bien que la longueur à parcourir soit des plus minimes. C'est alors que je réalisais subitement que, jusque-là, Labit avait eu recours à un sang-froid peu commun pour afficher une sérénité apparemment profonde et en réalité superficielle. La sueur perlant sur sa figure ne devait rien à la température ou à un effort physique trop bref. De toute évidence, la panique le gagnait au fur et à mesure qu'il se remémorait les faits. Si, un peu plus tôt, je le voyais très maître de lui, j'observais maintenant sa main qui tremblait en introduisant la clé dans la serrure. Nous ayant précédés dans une pièce, que je nommerai « japonaise » en me basant sur sa décoration plutôt que sur son ameublement, il s'effondra plus qu'il ne s'assit sur une chaise proche d'une table basse et ouvrit un coffret ouvragé pour saisir une énième cigarette qu'il garda curieusement plusieurs secondes à la bouche avant que je perçoive le frottement de l'allumette.

Quoi que rabâche Holmes au sujet de mon inaptitude aux langues étrangères et quelles que soient les difficultés intermittentes que j'éprouve dans les conversations, j'estime ne pas me vanter en me jugeant point trop maladroit dans le maniement de ces tournures qui donnent à la langue française sa subtilité, son élégance et sa distinction. J'emprunte donc deux d'entre elles afin de pouvoir écrire ici que je sentis approcher le moment où Georges Labit allait « se mettre à table et cracher le morceau » [1]. Pour l'encourager, en me

---

[1] En français dans le texte.

montrant à la hauteur de la situation, je saisis vivement un autre siège et m'installais à califourchon face à lui, presque nez contre nez, tout en regrettant de ne pas voir, à portée de ma main, la sœur de la boîte à cigares du pavillon car je prévoyais bien que nous allions de nouveau célébrer avec ferveur les vertus de l'herbe à Nicot. A ma surprise, Sherlock Holmes préféra s'appuyer au chambranle et sortir, en silence, cette pipe noire qui ne quittait pourtant jamais Baker Street. Du coup je renonçais à l'avant-propos.

— Monsieur Labit, expliquez-vous une bonne fois pour toutes. C'est donc en tirant les conséquences d'une seconde entrevue avec Homomorphe que vous avez choisi de vous cloîtrer en nous attendant ?

— Docteur Watson, vous qui n'appartenez plus à l'espèce des célibataires endurcis devez cependant vous souvenir que le mariage ne fait pas perdre de vieilles habitudes en un jour. J'aime que Carsalade me dépose sur les Allées Mistral pour me laisser gagner le musée à pied par une rue habituellement déserte. Lundi matin, j'ai très vite reconnu de loin Homomorphe, immobile devant chez moi. Parvenu à sa hauteur, je le toisais pour lui faire entendre que j'allais le rabrouer vertement. Seule la fermeté paye avec les aliénés de ce type. Malheureusement, face à son sourire cynique, je retombais, en cet instant décisif, dans mon impuissance de la fois précédente et c'est lui qui prit les devants pour me dire en plissant les yeux : « Je suis certain qu'un homme de votre intelligence comprend qu'il n'y a qu'une issue possible à cette affaire. Il faut vous écarter ou bien vous serez piétiné [1]. Si vous ne me remettez pas de suite le décryptage dont vous êtes l'auteur, vous ne respirerez plus le jour, pas si éloigné, où, à mon tour, je serai parvenu à traduire en clair l'épitaphe de la marquise ». À ces mots, la colère m'a pris. Bousculant cet oiseau de malheur, je me suis dirigé vers le Musée déterminé à prévenir le commissaire de police. C'est alors que je vis s'avancer à ma rencontre, l'air embarrassé, le veilleur de nuit dont le service s'achevait. Au cours de sa dernière ronde, il venait de constater la disparition d'une flèche empoisonnée. J'ai cru sentir le sol s'ouvrir sous mes pas. Quand je me suis repris, Homomorphe s'était envolé.

Sans que, du moins je le crois fermement, ma manière de m'y prendre en ait été la cause, cette tirade se termina sur le soupir de soulagement du pénitent quittant le confessionnal ou du coupable venant d'avouer et nos deux têtes, restées proches, se tournèrent d'un seul mouvement vers un Holmes plus hiératique que l'aiguille de Cléopâtre. Tout juste s'avança-t-il d'un pas en dirigeant vers nous le tuyau de sa pipe.

— Merci. Vous nous offrez sur un plateau les derniers faits qui transforment en vérité ultime une mienne hypothèse. Le vol de la flèche authentifie l'auteur du discours mieux qu'un paraphe au bas d'un acte notarié. Vous ne

[1] Arthur Conan Doyle, op. cité.

vous méprenez pas en vous sentant en péril bien qu'il vous reste beaucoup à apprendre, en commençant par le nom de celui que vous traitez de fou, mais qui ne l'est pas dans le sens commun. Vous n'êtes pas menacé par un dément ordinaire, s'excitant dans le vide. Celui qui vous a harcelé est sur la piste d'une réalité tenue cachée, depuis 2000 ans, parce que susceptible de remettre en cause les fondements chrétiens sur lesquels repose notre société. Si je suis l'une des deux seules personnes vivantes ayant connaissance de l'intégralité de ce secret, son existence est présumée depuis des siècles et ce que vous avez pris pour des graffitis n'est autre qu'un ensemble de signes indiquant que les textes recopiés par Jean Orth recèlent un message à son sujet. Quand vous saurez qui est Homomorphe, le fait qu'il soit entré en possession de tous ces éléments et veuille obtenir la clé du code ne vous déroutera plus. En attendant ne vous vexez pas si, au point où nous en sommes, je me sens obligé de ne pas vous cacher plus longtemps que le nom seul de Rennes-le-Château m'a décidé à venir vers vous. Il manque les détails. Watson va vous les communiquer sans rien omettre pour me donner le temps de contempler les œuvres picturales qui ornent superbement cette salle. Des estampes si je ne m'abuse.

Scène 5

Je m'appliquais donc à tout détailler, des confidences de Saunière, en 1897, à la réapparition de Moriarty alias Homomorphe. Labit ayant lu mes chroniques, on juge de l'effet du nom lorsqu'il l'entendit prononcer. Dos tourné, allant paisiblement d'un mur à l'autre, Holmes ne se montrait inattentif qu'en apparence. Au moindre oubli, à la plus petite inexactitude, l'un de ses blâmes acides m'aurait interrompu, mais je sus me tenir hors de portée de toute réprimande. A mon dernier mot, il abandonna les gravures avec une aisance prouvant qu'il n'avait rien laissé échapper.

— Monsieur Labit, rangez vos questions, s'il vous plaît, et ne vous mettez pas à vous affoler en criant que vous êtes en dehors de tout ce que vous venez d'entendre. L'urgence est ailleurs. Qu'importe que Moriarty se trompe en vous accusant de savoir en quoi consiste le secret de Rennes-le-Château. Puisque vous n'avez pas eu besoin de moi pour pressentir qu'il vous a condamné sans appel, je ne puis qu'ajouter, comme vous le craignez à juste titre, que chacune de ses sentences est inéluctablement suivie d'exécution sauf…

— Sauf ?

— Sauf s'il apprend que celui qui devrait être sa victime est déjà mort.

De vermillon qu'elle était, la figure de Georges Labit tourna carrément au sang de bœuf. La virulence de sa répartie me fit songer au bruit qu'auraient entendu les membres du Parlement si la main de Guy Fawkes avait atteint le premier baril de poudre.

— Monsieur Holmes, l'abus de logique vous échaufferait-il les méninges au point que pour me protéger contre une tentative d'assassinat à venir, vous n'envisagiez pas d'autre solution que celle consistant à m'envoyer précipitamment ad patres ?

Je ne fus pas surpris par la vivacité de la réponse. Si Holmes ne tire jamais le premier et sans sommation, il a pour coutume de viser juste en ripostant.

— Logique… logique, ce n'est pas parce que le mot désigne le socle de bronze sur lequel repose ma manière d'agir que vous pouvez vous en gargariser à tort et à travers. Aberrant est le qualificatif convenant le mieux à l'usage de la logique par les incompétents. Vos excellentes aptitudes ne faisant pas de vous un praticien averti d'une méthode que je n'emploie assez correctement qu'après des années d'apprentissage et d'exercices, restons en à l'essentiel par la force des choses. Aberrant, disais-je. Tout est dans les prémices. Vous jugez absurde la conduite de Moriarty parce que vous savez qu'elle ne repose sur rien. Mais si vous n'avez pas décrypté la dalle de la marquise, le Professeur, lui, se croit assuré du contraire ce qui l'a mené, logiquement, à décider votre assassinat. De la même manière, très exactement de la même manière, il abandonnera, logiquement, son funeste projet s'il pense être assuré de votre trépas. Dans un cas comme dans l'autre, il n'y a rien d'aberrant de sa part. Ce n'est pas comme vous qui nous expliquez tranquillement que vous vous devez de mourir pour le persuader de votre décès.

— J'ai compris, m'exclamais-je, en réfrénant une envie folle de lever les bras au ciel. Une rumeur d'accident ou de maladie imposant des soins de longue durée, une nouvelle expédition lointaine et le tour sera joué. Moriarty vous aura oublié.

— Vous n'avez rien compris du tout, Watson. Une rumeur suivie de grandes vacances ? Vous n'avez que cela à proposer pour abuser un Moriarty qui en profiterait, au passage, pour perdre miraculeusement la mémoire ? Laissez moi rire. Ce qu'il faut pour leurrer ce gredin sans pareil, ce sont les obsèques solennelles du fils de l'un des commerçants les plus connus sur la place de Toulouse ; j'entends par là des hommages s'étalant dans la presse, un long cortège funèbre, des discours à la fin de la cérémonie religieuse. Vous êtes bien un membre très actif de la Société Toulousaine de Géographie, Monsieur Labit ? Les thuriféraires se disputeront pour célébrer vos mérites sur votre tombe encore ouverte.

En se rendant compte qu'il ne lui restait qu'à collaborer à la mise en scène de sa transformation en un enterré toujours vivant, le faciès de Georges Labit changea de teinte pour virer au livide. Holmes ne s'en soucia guère, ne s'en aperçut peut-être même pas.

— Sur le papier, des funérailles dignes de vous garantiront la réalité de votre décès, ce qui ne dispense pas de précautions complémentaires. Je ne peux exclure que Moriarty veuille se livrer à une morbide vérification post-mortem. Cependant, devant attendre que l'émotion se dissipe et que les amis ou les curieux se fassent plus rares autour de votre sépulture, il nous laissera le temps de rendre votre pierre tombale plus inviolable encore que la Grande Pyramide. Simple problème de maçonnerie et, revenu en Grande Bretagne, je consulterai promptement quelqu'un qui a partagé mon logement d'étudiant, Philip Mortimer d'Edimbourg, aussi hautement gradué en physique officielle qu'en égyptologie parallèle. Il vous restera à bien remplir le temps que Dieu vous laissera. Ce soir, vous quitterez Toulouse avec nous, car je présage que vous ne désirerez pas attendre votre mort véritable en restant cloîtré nuit et jour. Fuir sans tomber dans mon erreur d'il y a huit ans est impératif : le Professeur ne manque pas d'affidés sur le Vieux Continent. Jean Orth ne vous-a-t-il pas montré l'exemple ? C'est en Amérique que naissent les hommes nouveaux, Monsieur Labit. C'est en Amérique que vous vous établirez sans espérer revoir votre lieu de naissance.

Cette rafale de phrases mit fin à la détresse psychologique du grand voyageur avec la soudaineté d'un bistouri amputant un blessé sur un champ de bataille. Oubliant ses frayeurs, son visage reprenant un aspect normal, Georges Labit bondit hors de son fauteuil pour se planter devant un Holmes en train de rouvrir paisiblement sa blague à tabac.

— Quel homme extraordinaire êtes vous donc, Monsieur Holmes, pour réveiller et stimuler ainsi ma volonté ? Je souscris sans réserve à votre projet. Nous allons prendre ensemble le train de nuit pour Paris. Dans l'immédiat que faire ?

— Il nous reste environ trois heures, c'est plus qu'il n'en faut. Je vois un combiné téléphonique dans cette encoignure. Il y en a donc un chez votre père. Avertissez-le. Qu'il nous attende en faisant préparer une collation et en prévenant votre médecin de famille qu'il doit nous rejoindre. Que Carsalade vienne nous chercher au plus vite en faisant un détour par l'hôtel pour prendre le bagage de Watson et le mien. Heureusement, j'emporte toujours avec moi mon matériel de maquillage.

Témoin silencieux de ce dialogue, je laissais mon esprit vagabonder en direction de notre salon de Baker Street que je me voyais réintégrer en ayant découvert une grande partie de la face cachée de Sherlock Holmes. Ma rêverie ne dura pas. Énergique et chaleureuse, la main de mon ami se posa sur mon épaule. Montrant que rien ne changerait jamais entre nous, ce geste remplaçait, pour une fois, la phrase tant et tant entendue : « Venez Watson. Je sens qu'il se trame quelque chose ».

Scène 6

Ayant gagné sans encombre cette rue de Bayard, parcourue au petit matin, nous nous enfermâmes à cinq dans un appartement austère. Tout alla très vite. Monsieur Labit père ne connaissait que vaguement la réputation de Sherlock Holmes car, confia-t-il assez sèchement, manquant de temps à gaspiller à la lecture de faits divers transformés en romans policiers à cinq sous. Pédagogue rigoureux, mon ami le convainquit donc que si son fils allait entreprendre une nouvelle équipée, il devrait cette fois lui dire « Adieu » et non pas « Au revoir ». Mon confrère, André Malacan – au caractère « soupe au lait » [1], mais dont la vaste culture colorait de malice la moindre phrase – qui soignait Georges depuis son enfance, accepta sans barguigner de signer l'acte de décès puis de prévenir Louise, la fiancée, et d'organiser son départ pour Londres où les noces seraient célébrées.

Peu avant vingt-trois heures, un noctambule toulousain, se dirigeant vers le quartier chaud voisin (renseignement fourni par Carsalade sans que nous l'ayons demandé, mes lecteurs l'ont compris), a pu voir MM. Byron et Shelley se faufiler dans la calèche pour gagner le tout proche embarcadère du chemin de fer. L'individu qui les accompagnait ressemblait par les mensurations à Georges Labit sans risquer d'être confondu avec le fondateur du musée le plus singulier que puisse abriter une ville française de province. Cheveux gris coiffés à la Bressant, vaste barbe en éventail soigneusement taillée, lorgnon de myope relié par un long ruban de satin à la boutonnière d'une sobre redingote noire, chaîne de montre bien en évidence sur un gilet bordeaux assorti à un pantalon rayé de bonne coupe, bottines fraîchement cirées… son signalement correspondait, dans les moindres détails, à celui de l'un de ces notaires casaniers, incapables d'aller plus loin que leur étude sans risquer de s'égarer. Les vêtements sortaient des entrepôts de « La Maison Universelle » et, pour le

[1] En français dans le texte.

reste, le talent de maquilleur de Holmes avait fait merveille.

Nos billets achetés, nous dûmes longer au pas de course une grande partie du train avant d'apercevoir un compartiment vide. Sur chaque voiture on pouvait lire « l'Occitan » en lettres dorées, à côté du nom de la compagnie ferroviaire, et je pris cette coïncidence comme un encourageant clin d'œil du Destin.

De Toulouse à Douvres, pas la moindre anicroche. À l'heure pile donnée par l'indicateur, une voix rocailleuse aboya : « Les voyageurs pour Capdenac, Brive, Limoges et Paris, en voiture, attention au départ » et le convoi s'ébranla normalement. Dans un premier temps, Georges Labit monopolisa la parole avec des souvenirs d'expéditions, puis un bâillement m'échappa et je crois pouvoir garantir qu'enroulé dans ma couverture, je dormais comme un enfant au moment où, dans l'aube parisienne, Holmes me secoua sans ménagements. Entassés sur les sièges d'un fiacre, nous quittions la cour de la gare d'Orléans pour nous rendre à celle du Nord lorsque mon camarade – qui ne se résignait pas, même dans ces circonstances, à mettre fin à ses fonctions de guide pour touristes – se souvint qu'à l'aller, l'avant-veille au soir, il avait omis de me dire un mot des ballons postaux qui s'envolaient de là durant la guerre franco-prussienne.

Entre Douvres et Londres, Moriarty ne se montra pas non plus. Et pour cause. Par rapport à 1891 nous tenions, cette fois, en main un atout majeur. Il ne savait pas que nous fuyions devant lui.

EPILOGUE

En attendant d'être rejoint par sa future épouse, le globe-trotter devenu un proche séjourna dans l'un des cinq refuges secrets que Holmes possède à Londres. À Toulouse, son décès brutal fut, comme prévu, commenté abondamment par les journaux locaux, mais la foule et les personnalités qui se pressèrent aux obsèques mourront à leur tour sans savoir qu'elles ont suivi, ce jour-là, un cercueil rempli de cailloux. Exécutant nos consignes, Antoine Labit annonça dans un premier temps qu'une maladie inconnue avait foudroyé Georges, trois jours avant son trente septième anniversaire, puis laissa répandre le bruit d'un assassinat commis par le frère d'Angèle à l'aide de la flèche dérobée au musée. À ceux qui, mis au courant, lui demandaient pourquoi il n'alertait pas la Justice, il répondait préférer se murer dans son chagrin. Le chagrin sans mensonge d'un père venant de perdre son fils.

Comme de coutume, l'efficacité et la diligence de Mycroft firent merveille, y compris pour la préparation des passeports et l'organisation de la bénédiction nuptiale. Je ne sais ni s'il convoqua en privé les doyens des deux Inns of Court ni si ceux-ci temporisèrent avant de donner un avis favorable. Toujours est-il que le 25 février, à 10 heures 30 du matin, dans l'Eglise du Temple, le Révérend Nolane, jadis aumônier de mon régiment, prit la Bête de l'Apocalypse comme thème d'un sermon de haute tenue avant de déclarer unis par le sacrement du mariage Miss Tania Symons et l'Honorable Walter Martin, esq. De passage à Londres pour quelques jours et, surtout, de longue

date correspondant exclusif du « Diogenes Club » au Vatican, un membre français du Sacré Collège, Son Eminence le Cardinal de Sèvres, avait accepté d'honorer l'office de sa présence malgré son caractère intime et l'usage du rite anglican. La future épouse s'avança vers l'autel au bras du docteur Malacan avec Sherlock Holmes, en tenue de cérémonie, pour témoin. Serrant de même le haut-de-forme gris sous le coude, la cravate aux couleurs de mon université semblablement piquée d'une perle noire, j'étais celui de Georges Labit. Ainsi personne ne manqua à cet original rendez-vous des amis, même pas l'envoyé spécial de la World Marlinius Bank arrivé in extremis de Pékin via le duché du Luxembourg. Largement pourvus en lettres de crédit par son intermédiaire, les jeunes époux embarquèrent l'esprit libre à Southampton, quarante-huit heures plus tard.

Treize années se sont ajoutées à nos âges. Je parle couramment le français et il a coulé autant de masses d'eau sous les ponts de la Garonne que sous ceux de la Tamise. « Bon sang ne saurait mentir, car les chèvres ne font pas des moutons » [1] atteste un proverbe continental. Après avoir connu, en Amérique, une réussite professionnelle sans commune mesure avec celle qui l'attendait à Toulouse, Georges Labit se contente maintenant de courir de Philadelphie à San Francisco et de Chicago à Austin pour superviser le développement continu de cette chaîne de gigantesques établissements commerciaux implantés aux limites des grandes villes et dont le fronton porte fièrement les syllabes commençant ses nouveaux prénom et nom. Je sais cela parce que nous correspondons régulièrement. Il reviendra pour la première fois en Europe sous peu, accompagné de la toujours charmante Louise – qui n'a malheureusement pu lui donner d'enfant – et, contredisant la prédiction de Holmes, se rendra dans sa ville natale où nul ne le reconnaîtra. Tous deux m'ont promis qu'ils ne repartiraient pas de Cherbourg mais feraient un détour par Londres avant de prendre place dans le nouveau paquebot de luxe de la White Star Line dont la traversée inaugurale est prévue aux alentours du 10 avril. Dois-je mentionner que l'annonce de cette rencontre m'a empli d'allégresse ?

Un week-end sur deux, invariablement, je me rends à Eastbourne pour tenir compagnie à Holmes, débonnaire retraité aux journées sans histoires. Tantôt mon vieux compagnon m'accueille costumé en apiculteur au milieu de ses ruches, tantôt je gagne sans hésiter son cabinet de travail pour le surprendre en train d'écrire. Quoique sa décision de ne pas publier de « Mémoires » soit prise depuis une éternité, il m'a promis que Doyle recevrait un jour ou l'autre, à condition de ne pas s'impatienter, deux récits d'enquêtes rédigés de sa propre main. Curiosités rarissimes, je le proclame à l'avance, sur lesquelles se rueront les admirateurs du plus grand des détectives que je tiens, moi, pour le meilleur des hommes.

Nous discutons épisodiquement de Saunière qui n'a pas quitté Rennes-le-Château et est parvenu à mener à bien, sur place, des projets immobiliers très personnels. Par l'entremise d'un certain Octonovo, Holmes se tient au courant des faits et gestes de ce prêtre comme il n'en naîtra jamais un second et dont, aux dernières nouvelles, les affaires ne vont pas pour le mieux car, depuis plusieurs années, le nouvel évêque siégeant à Carcassonne le presse de rendre des comptes au propre et au figuré. Ce prélat est bien naïf – au moins autant que

---

[1] En français dans le texte.

je l'ai été – de s'en tenir à des questions telles que : « D'où tirez vous l'argent, Monsieur le Curé, et qu'en avez vous fait ?». Pourquoi s'en inquiéter ? Du calme régnant dans les couloirs du Vatican, je déduis (je l'ai suggéré plus haut et j'y insiste) que Moriarty n'a pas accédé au Grand Secret. Le Professeur se serait-il engouffré dans une impasse avec son histoire de dalle de la marquise ? Jusqu'à présent, si nous revenions sur le sujet, Holmes me certifiait que, bien que nous n'ayons plus entendu parler de lui, l'immonde criminel devait continuer de sévir mais que cela ne le regardait plus. « Je ne reprendrai du service, redit-il d'ailleurs sans se faire prier, que si un vent mauvais venu de l'Est devait souffler sur notre Nation ». Il évoque, par là, la perspective d'une guerre européenne, perspective bien utopique, à mon avis, depuis que l'incident d'Agadir, l'an dernier, a montré que la diplomatie savait garder le mot de la fin.

Me sachant de loin le mieux placé pour apprécier la solidité des résolutions holmesiennes, on jugera donc à sa réelle valeur l'effort inopiné que je dus m'imposer, l'autre jour, pour dissimuler mon embarras. Alors que nous bavardions, à la lettre, de la pluie et du beau temps, mon ami changea brusquement de sujet pour m'apprendre, qu'à mon prochain passage, je rencontrerai l'inspecteur Juve, de la Sûreté parisienne, assisté de Jérôme Fandor, un jeune journaliste prometteur.

— Voyons, commentais-je sur le champ en m'efforçant de prendre un accent malicieux, avez vous choisi ce moyen détourné pour me signifier que Moriarty a pu trouver en France un nouveau champ d'action ? Votre éternelle sympathie pour cette nation de révolutionnaires vous pousserait alors à collaborer momentanément avec sa police sans quitter votre thébaïde.

— En demandant à Scotland Yard l'adresse de ma résidence actuelle, cet inspecteur Juve n'a pas cité Moriarty, Watson. Ceci étant nous savons tous deux que le Professeur est l'homme d'une seule stratégie : diriger en restant dans l'obscurité. Ses comparses ne l'ont rencontré que grimé et seule la dimension de l'enjeu l'a incité à se montrer à Georges Labit comme jadis à moi-même. Or, si les faits consignés dans la documentation que voici sont véridiques, je crois pouvoir affirmer – pardonnez mon emphase – qu'un spectre aux yeux gris allonge son ombre immense sur le monde et sur Paris [1] et, quel que soit le nom sous lequel on le connaît, la Terre ne porte qu'un être de cette trempe.

Ayant dit, Monsieur Sherlock Holmes me tendit un épais dossier sur la couverture duquel je pus lire : « Disparition de Lord Beltham » puis, déployant cette grande taille qui ne se courbera jamais, empoigna deux verres larges et une bouteille de bourbon « Four Roses ». Depuis son déménagement, il ne buvait rien d'autre et (je dois l'avouer en terminant) j'avais pris l'habitude de l'imiter.

____

[1] cf Robert Desnos : *La complainte de Fantômas*, (1933).

OUVRAGES CONSULTES

Claude Bailhé : *Autrefois Toulouse et la pays toulousain* (Milan, 1994).

Corinne Clément et Sonia Ruiz : *Toulouse secrète et insolite* (Les Beaux Jours, 2007).

Philippe Hugon : *Histoires vécues et insolites de Toulouse* (Privat, 1996).

Geneviève Lefèvre : *Georges Labit. Le Musée d'un curieux voyageur* (Daniel Briand, 1994)*

* avec mes regrets pour les entorses à la vérité biographique.

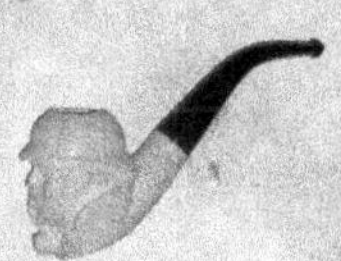

Annexe 1

Article de
Dominique Delpiroux

La Depêche du Midi

13 Août 2007

UNE MORT EN SECRET

Qu'est-il arrivé à ce fils de bonne famille, voyageur et créateur du musée qui porte son nom ? On ne le sait toujours pas !

C'est un étrange et coquet bâtiment, niché dans le quartier des Demoiselles, à côté du Canal du Midi. Il hésite entre le Proche et l'Extrême Orient, entre les toits japonisants et les fenêtres des palais maures, dans un châssis de verdure.

C'est le musée Georges-Labit. On y trouve en sous-sol une momie et un interminable Livre des Morts et à l'étage des bas-reliefs khmers, du genre de ceux que Malraux devait chiper dans sa jeunesse. Chine, Egypte, Japon, Thaïlande, l'Orient est ici chez lui, des statues solennelles aux émouvants objets de la vie quotidienne.

Le plus passionnant, dans ce musée, c'est sans nul doute la vie de son créateur, Georges Labit. Et plus étrange encore, comme nous allons le voir, sa mort…

Georges Labit ? Un bonhomme au bedon bourgeois, à la moustache gourmande, aux habitudes de dandy et que l'on imagine volontiers navigant mollement de salon en sofas… Il fut, au contraire, un infatigable voyageur. Son père était un riche commerçant. Il possédait l'un des premiers grands magasins de Toulouse, à la place de l'actuel *Virgin Mégastore*. Son fils ne lui ressemblait pas. Le papa, austère et habile gestionnaire, s'horrifiait de son rejeton, aimant le jeu, les sorties, les filles, les voyages, la vie, quoi ! Finalement, un astucieux compromis s'est dessiné entre père et fils. Georges irait aux quatre coins du globe dénicher des articles pour les magasins paternels. Il apprend beaucoup en Europe, savoure le charme de l'Afrique du Nord et, ensuite, se lance vers l'Extrême-Orient : Chine, Japon et même Laponie, ce qui n'était pas banal à l'époque !

De tous ces voyages, il ramène une quantité d'objets qui peupleront petit à petit le musée qu'il va créer. Dessiné par l'architecte Calbairac, il sera inauguré en 1893. Georges Labit sera donc reconnu et honoré par la bonne société toulousaine…

MALADIE FOUDROYANTE ?

Voilà pour la vie publique. En privé, Georges Labit avait une maîtresse, Angèle Sicard. Mais la jeune n'avait pas la condition requise par papa Labit pour devenir sa bru.

La rumeur veut que vers 1898, Georges ait rencontré une fille de bonne famille, qui aurait fait une épouse idéale auprès de sa famille. Et qu'il aurait rompu avec Angèle.

C'est à cet instant précis que déboulent tout à coup une tragédie et un immense mystère. Car le 9 février 1899, Georges Labit est retrouvé mort.

De quoi ? Pourquoi ? La question se pose encore aujourd'hui ! Sa famille l'a fait inhumer très rapidement. Invoquant une maladie foudroyante…

Personne n'y croit ! Un gardien du musée lance une rumeur de très mauvais goût… qui a encore aujourd'hui ses partisans ! Il dit que sa maîtresse éconduite l'a émasculé : « Elle lui a coupé… son nom ! » pouffe la rumeur, s'amusant de ce vilain jeu de mot. D'autres désignent le frère d'Angèle , qui aurait agi par vengeance pour sa sœur délaissée et donc désargentée. Et pour cela, il aurait utilisé les flèches empoisonnées du musée ! Brrrr… Mais, il n'y a guère de flèches au musée.

Toujours est-il qu'Angèle, elle, est rentrée dans les ordres. Elle avait eu une enfant, Rachel, née en 1888, qui a toujours pensé être la fille de Georges Labit. Il y a quelques années, la propre fille de Rachel donnait dans la *Dépêche du Midi* une version des faits qui exonère tout à la fois Angèle et son frère. Elle affirmait que Georges s'était suicidé en avalant des piments empoisonnés, rapportés d'un voyage en Inde. Parce qu'il était fou amoureux d'Angèle et pour éviter un mariage forcé. Rachel et sa fille n'ont pas de preuve de cette filiation. Une simple conviction…

Alors ? Maladie ? Meurtre ? Suicide ?

Le temps a passé. Mais il y a dix ans de cela, un professeur de sciences sociales de Toulouse, Odile Laulhère, et une ethnologue parisienne, Sylviane Leprun, avaient publié un livre sur Georges Labit. On y trouvait les confidences de la fille de Rachel. Et les auteurs se demandaient si, portant le nom de Labit, ces toulousains n'avaient pas des origines juives… La famille de Georges Labit avait fait interdire ce livre, le jugeant « infamant ».

Des mystères, donc, Et autour du personnage, comme des flèches empoisonnées qui traversent le temps et semblent faire toujours aussi mal…

Annexe 2

Georges Labit (1862-1899).
Quelques dates.

d'après Geneviève Lefèvre, op. cité.

1862, 12 février. Naissance à Toulouse de Louis-Victor-Georges Labit, fils de Marie née Claué et d'Antoine Labit.

1869. Décès de Marie Labit.

1872. Mariage d'Antoine Labit et de sa belle-sœur Héléne Claué.

1878. Ouverture de « La Maison Universelle ».

1879-1881. Etudes à l'Ecole de Commerce de Paris.

1881-1883. Stages en entreprises à Paris, Lyon et Saint-Etienne.

1884-1886. Séjour pour affaires à Vienne (Autriche).

1886. Première série de déplacements : Italie, Angleterre, Algérie, Tunisie.

Durant les 12 années suivantes les voyages vont alors se succéder :

1887. Angleterre, Norvège, Autriche, Allemagne.

1888. Laponie, Angleterre (île de Man).

1889. Chine, Japon.

1890. Algérie, Espagne.

1891. Algérie, Chine.

1892. Maroc, Luxembourg, Suisse.

1893. 11 novembre. Inauguration du Musée Labit.

1894. Italie, Grèce, Turquie, les Balkans, Autriche, Suisse. Membre de la délégation de Toulouse aux funérailles du tsar Alexandre III.

1895. Chine, Japon.

1896. Suisse, Autriche.

1897. Belgique.

1898. Italie (Florence).

1899. 10 février. Les journaux de Toulouse annoncent, sans donner d'explications, que Georges Labit est mort la veille. Après les obsèques (le 12), les rumeurs commencent à courir.

Annexe 3

Biographie de François-Bérenger Saunière et Chronologie Castelrennaise

par Philippe Marlin

Notre but n'est pas ici de reprendre l'histoire de Bérenger Saunière, curé de Rennes-le-Château. La littérature sur le sujet est ultra-abondante, et Pierre Jarnac, dans une bibliographie [1] publiée en 2002, recensait déjà 370 références sur le sujet. Contentons nous d'un bref résumé afin de traquer l'anomalie, qui se résume de façon assez simple : mais d'où le curé a-t-il tiré les fonds nécessaires à ses nombreuses réalisations, mobilières et immobilières ? Nous présenterons ce résumé sous forme d'une chronologie des événements, en indiquant au conditionnel ce qui n'a jamais été prouvé et appartient vraisemblablement à la légende :

LA VIE DE SAUNIÈRE

Notes liminaires :

° Les éléments surlignés sont des éléments du contexte de l'affaire.

° Le prénom du curé était François-Bérenger. Nous utiliserons Bérenger conformément à l'habitude prise.

1852, naissance de François-Bérenger Saunière le 11 avril dans le petit village de Montazels (Aude). Son père est régisseur du château de la bourgade.

1855, naissance d'Alfred Saunière, frère de Bérenger.

1857, l'abbé Antoine Gélis est nommé curé de Coustaussa.

1858, début des apparitions mariales à Lourdes.

1862, l'abbé Henri Boudet est nommé vicaire de Durban-Corbières, puis sera nommé vicaire à Caunes-Minervois.

1866, l'abbé Henri Boudet est affecté à Festes-Saint-André.

1872, l'abbé Henri Boudet est nommé le 16 octobre curé de Rennes-les-Bains en remplacement de l'abbé Vié, décédé.

1872, l'abbé Pons quitte Rennes-le-Château en laissant à la cure une somme

---

[1] Bélisane 2002, série les *Cahiers de Rennes-le-Château.*

de 600 francs-or.

1874, études au Grand Séminaire à Carcassonne.

1875, naissance de la IIIe République.

1879, Bérenger Saunière est ordonné prêtre. Premières fonctions comme vicaire à Alet (Aude).

1880, Louis Fédié publie Le Comté de Razès et le diocèse d'Alet.

1881, nomination de Monseigneur Félix Arsène Billard à l'Évêché de Carcassonne.

1882, nomination comme desservant au Clat (Aude).

1885, nomination comme desservant à Rennes-le-Château par Monseigneur Billard. Un village qui compte 298 habitants, haut perché, duquel il peut contempler son bourg natal, Montazels. Une église et un presbytère en mauvais état. La vétusté de ce dernier est telle qu'il devra prendre pension chez une logeuse, Alexandrine Denarnaud, après avoir demeuré chez une tante, Rose Octotipe Saunière.

1885, suite à un prêche peu favorable aux républicains qui viennent de remporter les élections législatives d'octobre, le traitement du curé est suspendu par décision ministérielle le 2 décembre.

1886, l'Evêché l'enverra alors comme professeur au petit séminaire de Narbonne. Il retrouvera son traitement et ses fonctions à Rennes en juillet. Il ne reviendra pas au village les mains vides, mais avec un don de 1.000 francs-or de la Comtesse de Chambord. Un remerciement pour son engagement pour la cause royaliste ? A noter que la Comtesse de Chambord était coutumière de ce genre de libéralité, puisque nous retrouvons sa générosité dans la cause du Révérend Père de Coma [1] (monastère du Baulou en Ariège, une affaire similaire à celle de Rennes-le-Château connue sous le nom d'affaire du *Monastère dynamité).*

1886, Monseigneur Billard pose la première pierre du monastère de Prouille.

1886, l'abbé Boudet publie en novembre La Vraie Langue Langue Celtique ou le Cromleck de Rennes-les-Bains, curieux ouvrage [2] que certains considèrent comme codé et traitant du « secret du Razès ».

1887, peu de temps après son retour au village, une bienfaitrice de Coursan, Marie Cailhavé, offre à la paroisse un nouvel autel. A l'occasion des travaux effectués pour l'installer, le prêtre **aurait** découvert quelque chose. Pour ce

[1] Cf notre étude dans *La Gazette Fortéenne n°5* (Éditions de L'Œil du Sphinx, 2012).
[2] Réédité aux Éditions de l'Œil du Sphinx (2006)

qui est de ces découvertes, les datations sont du reste peu précises et la confusion règne selon les auteurs entre les années 1887 et 1891.

Donc, plutôt que de nous arrêter aux dates [1], allons directement au fond des découvertes supposées :

- Trésor ? En soulevant une vieille dalle dans l'église, dite *Dalle des Chevaliers* [2], l'abbé **aurait** mis la main sur une « oule » renfermant des monnaies anciennes, ainsi que sur des bijoux archaïques et un calice. Un petit magot vraisemblablement dissimulé par l'un de ses prédécesseurs, Antoine Bigou ?

- Parchemins ? Les témoignages recueillis par l'auteur Gérard de Sède [3] sont pour le moins fantaisistes. Il nous parle ainsi d'un enfant de chœur, Antoine Verdier qui, après enquête faite par Jean-

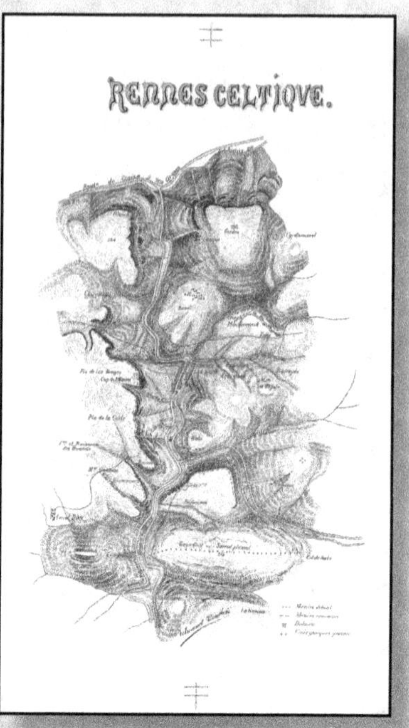

Jacques Bedu [4], s'avère être né…. en 1887 !! Moins fantaisistes semblent être les témoignages de la doyenne du village et du descendant du carillonneur (rapportés par Claire Corbu et Antoine Captier [5]). Alors, de quoi s'agit-il ? De mystérieux parchemins (dans un pilier wisigothique) selon de Sède, plus prosaïquement de quelques ossements et d'une fiole contenant un document (dans un balustre en bois) selon les deux derniers intervenants.

1989, visite pastorale de Monseigneur Billard qui félicite le prêtre pour l'énergie déployée pour rénover son église.

1890, Bérenger Saunière se voit confier de mai à juin, en plus de la cure de

---

[1] Ce flottement au niveau des dates montre bien la difficulté de dresser une biographie rigoureuse de l'abbé Saunière.

[2] Une dalle qui sera astucieusement utilisée par les fabricants de Mythe : elle représenterait le dernier des mérovingiens, Siegebert IV, en fuite pour le Razès après l'assassinat de son père Dagobert II à Stenay.

[3] Cf *l'Or de Rennes*, Julliard 1967, qui est le premier ouvrage à populariser « l'affaire ». Réédité avec ses différentes variantes aux Éditions de l'Œil du Sphinx (2007).

[4] *Rennes-le-Château, Autopsie d'un Mythe*, Loubatières, seconde édition 2002. Jean-Jacques Bedu s'appuie pour l'affaire Verdier sur un article paru dans *La Dépêche du Midi* le 18 janvier 1966.

[5] Claire Corbu et Antoine Captier publient *L'Héritage de l'abbé Saunière*, Bélisane 1985.

Rennes, l'intérim de la paroisse d'Antugnac [1].

1891, inauguration de la statue de Notre-Dame de Lourdes sur un pilier wisigothique placé à l'envers, le 21 juin, lors de la communion des 24 enfants du village. Il organise une procession en compagnie du missionnaire diocésain, le père Ferrafiat de Notre-Dame de Marceille, d'où la mention « Mission 1891 » apposée sur le pilier. Il fait également graver « Pénitence ! Pénitence ! », en référence au message de Lourdes : « Baisez la terre en pénitence pour les pécheurs ».

1891, en poursuivant les travaux de réfection de l'église (pose d'une nouvelle chaire notamment), le prêtre fait une nouvelle découverte. Celle-ci est incontestable, puisque retracée dans ses propres carnets : *21 septembre ; lettre de Granes ; découverte d'un tombeau ; le soir pluie*. Il n'en dira pas plus. Précisons simplement qu'il a du être « guidé » par un vieux registre de 1694 citant plusieurs notabilités locales enterrées dans l'église (dame Delsol, Henry de Vernet) près du Tombeau des Seigneurs. On trouvera encore, dans les carnets du prêtre, cette expression énigmatique, écrite juste après la découverte : *vu curé de Nevian – chez Gélis– chez Carrière – Vu Cros et secret* [2]. On sait également, toujours d'après ses notes, que c'est à cette époque (octobre) qu'il commence à « travailler » dans le cimetière : *nettoyage du cimetière*.

1891 est également l'année où la famille Denarnaud s'installera avec lui au presbytère. La fille cadette, Marie, jeune ouvrière en chapellerie de 22 ans, restera jusqu'à la mort du prêtre sa fidèle servante. Bien plus qu'une servante, du reste, pour les amateurs de belles histoires !

1891, en fin d'année enfin, on voit le prêtre entreprendre quelques voyages (Perpignan, Carcassonne), rôdant avec l'aide de Marie un ingénieux système de correspondance. Pour ne pas attirer l'attention de sa hiérarchie sur ses absences, il avait en effet mis au point toute une batterie de lettres d'attente type pour faire patienter ses interlocuteurs.

1892 (ou 1893) : nous rentrons ici dans la légende, car aucun des éléments

[1] Ses « prêches » à Antugnac ont été publiés par les Éditions Bélisane en 1984 sous le titre *Mon Enseignement à Antugnac*.

[2] Antoine Gélis était le curé de Coustaussa. Cros était soit le vicaire de l'Évêché, soit un ingénieur. Secret peut se lire comme abréviation de secrétaire, selon les habitudes de Bérenger Saunière relevées par ailleurs dans ses carnets.

qui suivent, rapportés par Gérard de Sède, n'a jamais trouvé l'ombre d'une quelconque confirmation. Après la découverte des hypothétiques parchemins, et sur les conseils de Monseigneur Billard, Bérenger Saunière se **serait** rendu à Paris afin de faire déchiffrer le mystérieux matériel. On trouve sous cette rubrique la rencontre avec le père Emile Hoffet à Saint Sulpice, son introduction dans les cercles ésotériques de la capitale, le début d'une grande passion amoureuse avec la cantatrice Emma Calvé et, pourquoi pas, l'achat de reproductions de tableaux au Louvre, dont les fameux « Bergers d'Arcadie » de Nicolas Poussin.

Citons l'auteur de *l'Or de Rennes* : *Sitôt arrivé, Bérenger Saunière se rend chez l'abbé Biel, directeur de Saint-Sulpice.*

En vérité, rien de moins banal que Saint-Sulpice, « nouveau Temple de Salomon ». Saunière dut s'y étonner à la vue du chemin de croix placé à l'envers, du gnomon astronomique, aux inscriptions hélas martelées, qui marque, au transept, le méridien de Paris, des trois beaux bénitiers. Il dut admirer les tableaux signés Delacroix, l'insolite crucifixion de Signol ; il dut lire la plaque qui rappelle la visite du Pape Pie VII, en 1804, le jour de la Saint-Dagobert, précédant celle de ce pontife dans le Razès.

Quoiqu'il en soit, l'affaire fut peu claire (le décryptage des manuscrits) puisque Mgr Billard jugea bon, en mars 1901, de faire le voyage jusqu'à Saint-Sulpice pour tenter de l'élucider.

1892, début de la restauration du presbytère. Aménagement, dans les jardins de l'église, d'une citerne surmontée d'un petit pavillon qui servira de bureau et de bibliothèque.

1893, Monseigneur Billard rachète sur ses propres deniers l'église de Notre-Dame de Marceille à Limoux.

1894, Bérenger Saunière arpente les environs de la commune accompagné de sa fidèle Marie. Il revient chargé de lourds sacs (de pierres ?) et entreprend la construction d'une grotte.

1894, Emma Calvé achète le château de Cabrières près de Millau.

1895, les habitants du village se plaignent auprès de la Préfecture des dégâts qu'il occasionne dans le cimetière à l'occasion des ses fouilles/travaux. La légende veut qu'à l'occasion de ses « investigations », il ait tenté d'effacer les inscriptions figurant sur la tombe de Marie de Négre d'Albes, marquise d'Hautpoul de Blanchefort, décédée en 1781 et inhumée dans le cimetière. Tout comme les fameuses soi-disant découvertes de parchemins dans l'église, nous somme ici en présence d'une autre pièce maîtresse utilisée dans la fabrication du Mythe.

En 1895, c'est aussi l'incendie du village. Lors de l'incendie, les pompiers forcèrent le local situé dans le jardin de l'église pour avoir accès à la citerne. Et Saunière portera plainte à la gendarmerie de Couiza… pour violation de domicile !

1895, l'abbé Saunière offre à son confrère et ami, l'abbé Grassaud, un magnifique calice serti de pierres précieuses.

1896-1897, suite et fin des travaux de rénovation de l'église. L'argent afflue par le biais des messes dites « à intention ». L'église rénovée est inaugurée en grande pompe par Monseigneur Billard. On précisera que les ornements (bénitier avec le diable, chemin de croix et chaire notamment) et les statues ont été commandés à la Fabrique Giscard de Toulouse.

C'est aussi à cette époque (nuit du 31 octobre au 1er novembre 1897) qu'est assassiné l'abbé Gélis, collègue de Bérenger Saunière à la cure voisine de Coustaussa. L'auteur du crime ne sera jamais identifié.

1897, le Dr Fugairon publie dans la revue *L'Initiation* un article dans lequel il affirme que Marie-Madeleine a apporté le corps du Christ dans le Sud de la France.

1898, l'abbé commence à acquérir les terrains jouxtant le presbytère. Ces acquisitions sont faites au nom de Marie, sa servante.

1901, début des travaux de construction de la villa Béthania, une villa qui à l'origine devait, selon l'abbé Saunière, être une maison de retraite pour prêtres âgés.

1902, début des travaux de construction de la tour Magdala, un curieux édifice néo-gothique.

1902, Monseigneur de Beauséjour remplace Monseigneur Billard qui s'est éteint en décembre 1901. Il prendra ses fonctions à Carcassonne en mars 1904.

1902, victoire écrasante de la gauche aux élections législatives, représentée par Dujardin-Beaumetz.

1903, M. Galibert fait édifier (restaurer ?) un tombeau au lieu-dit des Pontils. Le Mythe mettra ce monument en relation avec le tombeau figurant sur un tableau de Poussin, *Les Bergers d'Arcadie* !

1903, Alfred, frère de Bérenger, est suspendu a divinis. Prêtre également, il avait pris pour concubine Marie Emilie Salière dont il avait eu un enfant.

1903, mort de Léon XIII.

1905, fin des travaux de la villa Béthania.

1905, le 25 juin, excursion de la Société des Etudes Scientifiques de l'Aude sous le pilotage d'Elie Tisseyre. Le compte-rendu fera mention d'une dalle gravée et brisée en son milieu qui pourrait être celle de Marie de Nègre d'Albes. Une reproduction des inscriptions relevées sur la pierre figure dans l'article.

1905, décès d'Alfred Saunière le 9 septembre.

1905, loi de séparation des Églises et de l'État.

1906, fin des travaux de la tour Magdala, ainsi que ceux du belvédère et de l'Orangerie. Le prêtre installe une bibliothèque dans la tour.

1906, donation par testament de Bérenger Saunière à Marie et vice-versa.

1907, début des « grandes réceptions » à la villa Béthania.

1909, décès de la mère de Bérenger Saunière.

1909, irrité par les demandes de messes hors diocèse de l'abbé, Monseigneur Beauséjour lui signifie sa mutation à Coustouge dans les Corbières. Il refuse

La Tour Magdala   *La Villa Béthanie*

et démissionne de ses charges. L'abbé Marty est nommé curé de Rennes-le-Château, mais la population reste fidèle à Bérenger Saunière et il continue à célébrer la messe dans la véranda de la villa Béthanie qu'il a fait aménager en chapelle.

1910, Saunière est alors poursuivi devant le tribunal de l'officialité du diocèse pour trafic de messes, désobéissance à l'évêque et dépenses exagérées. Il ne se présente pas aux audiences. En juillet, il est suspendu *a divinis* pour une durée de un mois et condamné à rembourser le produit des messes dont il n'aurait pu s'acquitter.

1911, il intente un recours en grâce et un nouveau procès s'ouvre. Il est condamné à 10 jours de retraite au monastère de Prouille et à justifier sa comptabilité. Les justificatifs produits n'étant pas jugés suffisants [1], il est à nouveau condamné à 3 mois de suspence et à la restitution des sommes détournées.

Un recours est intenté à Rome pour récupérer la cure de Rennes-le-Château.

1912, Saunière et sa servante refont leurs testaments l'un en faveur de l'autre, et vice-versa.

Le prêtre est en proie à de sérieuses difficultés financières et cherche à vendre son domaine.

1915, Saunière **aurait** été acquitté par le Vatican. Mais aucune pièce n'a jamais été retrouvée attestant de cette réhabilitation.

1915, mort de l'abbé Boudet le 30 mars à Axat.

1917, Bérenger Saunière s'éteint le 22 janvier après avoir été terrassé par une attaque cérébrale le 14 janvier.

Mais la « saga castelrennaise » ne s'arrête pas avec le décès de Saunière. C'est même à partir de ce moment qu'elle va progressivement prendre la dimension d'un véritable Mythe.

LA PERIODE POST MORTEM

Note liminaire : les ouvrages indiqués en gras peuvent être considérés comme les ouvrages majeurs pour découvrir l'histoire de Rennes-le-Château et de son curé.

1920, naissance le 18 mars de Pierre Plantard qui va marquer profondément l'évolution de l'affaire.

---

[1] Il ne peut produire des justificatifs de dépenses qu'à hauteur de 36.000 F. L'ensemble du domaine est évalué à environ 200.000 f.

1923, naissance le 13 février du Marquis Philippe de Chérisey qui collaborera étroitement avec Pierre Plantard.

1928, découverte par l'ingénieur Ernest Cros d'une autre dalle, celle de Coumesourde (lieu-dit près de Rennes-le-Château), comprenant de mystérieuses inscriptions (cf 1962).

1936, Jean Girou, un auteur languedocien, publie *L'itinéraire en terre d'Aude* (Causse, Graille et Castelnau), premier ouvrage à faire mention du trésor trouvé par le curé du village.

1942, Noël Corbu, un industriel de Perpignan, s'installe à Bugarach.

Pierre Plantard

1942, publication du premier numéro du mensuel pétainiste, *Vaincre pour une Jeune Chevalerie* par Pierre de France, pseudo de Pierre Plantard.

1942, publication d'une véritable somme sur Rennes-les-Bains, sous forme de *Monographie Historique, Médico-Thermale et Touristique* par le Docteur Paul Courrent (Roudière, Carcassonne, réédition Editions de l'Œil du Sphinx, 2008). Personnalité locale influente (1861-1952), il connaissait bien l'abbé Saunière, puisqu'il lui rédigea de nombreux certificats médicaux de complaisance et se porta au chevet du prêtre après son attaque de janvier 1917. Il était aussi le médecin de l'abbé Boudet. Le Dr Courrent était un membre éminent de la Société des Études Scientifiques de l'Aude et de la Société des Arts et Sciences de Carcassonne. Nous lui devons également de très nombreux autres ouvrages érudits sur la région.

1943, publication de *Le Mort Cambrioleur,* roman policier signé de Noël Corbu (réédition Editions de l'Œil du Sphinx, 2005).

1946, la famille Corbu s'installe dans le domaine de l'abbé avec Marie Denarnaud. Le 22 juillet, par testament, elle lègue à la famille Corbu son domaine sous forme de viager.

1948, *Le Soir illustré* (Belgique) publie un article de Roger Crouquet sur Rennes-le-Château. On y parle de l'abbé, mais pas du trésor.

1953, mort de Marie le 29 janvier. La famille Corbu hérite de la servante.

1953 (date indiquée à la fin du texte), parution du texte supposé écrit par Noël Corbu, *La Puissance de la Mort,* dans lequel est relaté « la belle histoire » de

Rhedae et du trésor de Blanche de Castille retrouvé plus tard par l'abbé Saunière.

1955, Noël Corbu installe un hôtel-restaurant, « La Tour », dans le domaine de l'abbé. Il raconte à ses clients ce qu'il croit savoir de l'histoire de Bérenger Saunière et commence à forger la légende du « curé aux milliards ».

1956, Noël Corbu enregistre sur bande magnétique, à l'intention de sa clientèle, « la belle histoire » de Rhedae et du trésor de Blanche de Castille retrouvé plus tard par l'abbé Saunière.

1956, trois cadavres en décomposition, morts par balles, sont exhumés du jardin du domaine. Ils ne seront jamais identifiés.

1956, trois articles paraissent dans *La Dépêche du Midi* (12 au 14 janvier) sous la signature d'Albert Salamon racontant l'histoire du trésor ; il en est de même dans *Le Midi Libre* du 12 janvier.

1956, dépôt le 25 juin en sous-préfecture de Saint-Julien-en-Genevois des statuts du Prieuré de Sion, association dont le secrétaire général est Pierre Plantard. C'est à partir de cette date que va se développer la mythologie mérovingienne, tendant à accréditer la thèse selon lequel Pierre Plantard est « le roi perdu », héritier d'une lignée royale occultée. La préservation de cette lignée aurait été gérée au cours de l'histoire par un mystérieux Prieuré de Sion. Mais quel est le lien avec Rennes-le-Château ? Les enfants du dernier roi mérovingien, Dagobert II, assassiné suite au coup d'état mené par le maire du palais, se seraient enfuis de Stenay et réfugiés à Rennes-le-Château. La dalle dite des chevaliers illustre cette fuite. Tel serait donc le secret découvert par Saunière. Cette « intoxication », à laquelle participera le Marquis Philippe de Cherisey, se manifestera par le dépôt à la Bibliothèque Nationale d'étranges brochures [1] autoéditées et tapées à la machine. Il sera prouvé que plusieurs de ces textes provenaient de la machine à écrire de la première épouse de Pierre Plantard. (Nous indiquerons ces brochures par la mention PS).

1956, publication de *Généalogie des Rois Mérovingiens et origines des diverses familles françaises et étrangères d'après l'abbé Pichon, le docteur Hervé et les parchemins de l'abbé Saunière* (PS). Un opuscule signé Henri Lobineau (Genève 1956) qui est en fait un recueil de généalogies trafiquées tendant à prouver que Pierre Plantard descend de Dagobert II.

1956, les époux Ribière publient dans le magazine *Noir et Blanc* (juillet) une synthèse intéressante des thèses de Noël Corbu sous le titre « L'abbé Saunière aurait-il trouvé le trésor des Wisigoths ? ».

---

[1]Ces brochures ont été rééditées par Le Centre d'Études et de Recherches Templières (CERT), en liaison avec Pierre Jarnac en 1995.

Gérard de Sède

1958, le magazine *Tout Savoir* consacre un article à Rennes et à son curé dans son numéro 56 de janvier. Il est également signé de Micheline et Jean Ribière.

1958, Pierre Plantard **séjournerait** dans le Razès.

1959, un chercheur de trésor parisien, Jacques Cholet, obtient l'autorisation d'effectuer des fouilles dans l'église. Il ne trouve rien, mais aurait échappé à un attentat.

1959, l'abbé historien Maurice-René Mazières publie *La venue et le séjour des Templiers du Roussillon à la fin du XIIIe siècle et au début du XIVe, dans la vallée du Bézu (Aude)* (Mémoires de la Société des Arts et des Sciences de Carcassonne) [1]. Il veut voir, sur cette colline proche de Rennes-le-Château, les ruines d'une ancienne commanderie templière à laquelle beaucoup de légendes seraient attachées. Mais son interprétation est fortement romantique et ne repose sur aucun autre élément que la tradition orale. En fait, la commanderie de référence était celle de Campagne-sur-Aude, fondée en 1147 [2].

1960, Pierre Plantard rencontre le journaliste Gérard de Sède qui enquête sur le trésor des templiers de Gisors.

1961, publication des *Actes Captier* [3] (PS, janvier). Ces documents se présentent comme un don fait par l'abbé Courtauly à Alpina (obédience F+M helvétique). On y retrouve une généalogie mérovingienne et une reproduc-

___

[1] Repris dans *Mystères et Secrets des Templiers du Bézu*, Pégase 2005.

[2] Sur les Templiers et Rennes-le-Château, voir notamment le travail critique de Georges Kiess in *Actes du Colloque d'Etudes et de recherches sur Rennes-le-Château 2003*, Editions de l'Œil du Sphinx.

[3] Notaire à Espéraza.

tion de la dalle de la tombe de la dame de Hautpoul.

1961, la télévision s'arrête en avril sur la colline, dans le cadre de la célèbre émission de l'époque, *La Roue Tourne*, de Marina Grey. On y voit Noël Corbu, vêtu de la soutane, faire revivre l'abbé Saunière en quête du trésor de Blanche de Castille.

1962, publication de l'ouvrage de Robert Charroux, **Trésors du Monde** (Fayard), qui consacre un chapitre entier à l'affaire de Rennes-le-Château. La trame suit fidèlement « la belle histoire » que raconte Noël Corbu.

1962, publication de *Un Trésor Mérovingien à Rennes-le-Château* par Antoine l'Hermite (PS, publication de l'Alpina). Passons rapidement sur ce faux document qui n'est rien d'autre qu'un plagiat : la reproduction mot à mot d'un chapitre extrait du livre précédent de Robert Charroux et faisant état de la légende du trésor de l'abbé.

1962, publication de *Pierres Gravées du Languedoc* par Eugène Stublein (PS, Limoux 1884), réédité par l'abbé Joseph Courtauly en avril 1962. Un recueil assez grossier de diverses planches qui sont le prétexte pour introduire la tête de Saint Dagobert qui serait gravée sur un menhir à Rennes-les-Bains ; le carré Sator qui fera les choux gras de tous les hermétistes saunièrisants [1] ; les fameuses dalle et stèle de la Dame de Blanchefort sur lesquelles s'épuiseront des générations de décrypteurs ; enfin la dalle dite des chevaliers qui serait celle de la sépulture des princes Sigebert IV, V et Béra III dans l'église de Rennes-le-Château.

1962, publication par René Descadeillas d'une brochure intitulée *Notice sur Rennes-le-Château et l'abbé Saunière,* première version d'un travail critique très approfondi. Ancien « chercheur », René Descadeillas fut président de la Société des Arts et des Sciences de Carcassonne et conservateur de la Bibliothèque Municipale de cette ville.

1962, apparition en juillet d'un certain *Rapport Cros*, concernant les recherches entreprises par l'ingénieur en chef (des Chemins de Fer) Ernest Cros dans la Haute Vallée de l'Aude de 1920 à 1943. Cet ingénieur, qui aurait connu Saunière, propose une interprétation des signes relevés sur les dalles de la Dame de Blanchefort (Hautpoul) et Coumesourde : *elles indiqueraient la présence d'un double dépôt dans la région de Rennes-le-Château, l'un revenant au Roi de France, l'autre provenant des Templiers*. Les travaux récents du chercheur Patrick Mensior mettent fortement en doute l'authenticité de ce document.

1964 (date supposée), Robert Deban, diplômé de l'école des Chartes, directeur des Archives Départementales de l'Aude, rédige à la demande de Gérard de

---

[1] Ce carré Sator serait gravé au dos de la tête de Saint Dagobert II.

Sède un papier intitulé *Notice sur Rennes-le-Château et l'abbé Saunière, examen des parchemins dits de l'abbé Saunière.*

1964, publication par René Descadeillas d'un ouvrage sur *Rennes et ses derniers seigneurs, de 1730 à 1820.*

1965, les fouilles sauvages étant devenues un véritable fléau, le Maire de la commune de Rennes-le-Château, M. Lembèges, promulgue un arrêté le 28 juillet les interdisant sur son territoire.

1965, publication de *Les Descendants Mérovingiens ou l'Énigme du Razès Wisigoth* par Madeleine Blancasall (PS, Genève 1965, traduit de l'allemand par Walter Celse-Nazaire). Ce document se présente comme une brochure privée, réservée aux seuls membres de l'Association Suisse Alpina ; et c'est certainement le document clef de toute la collection des « faux », dans la mesure où il résume parfaitement ce qu'il est convenu d'appeler « la belle histoire ». La Dame de Hautpoul, dans ses confessions, révèle un terrible secret à l'abbé Bigou. Celui-ci découvre alors dans l'église Saint-Pierre de Rennes-le-Château quatre parchemins [1] qu'il décode grâce aux indications de la Marquise. Il les recache, cette fois dans l'église Marie-Madeleine (eu égard au mauvais état de l'autre bâtiment), et laisse un message codé sur la tombe… de la dite Marquise… L'abbé Bigou décède en Espagne [2] après la révolution et arrive Saunière. Un mystérieux Prieuré de Sion, mais aussi son évêque, Monseigneur Billard, le mettent sur la piste… Il découvre les parchemins et part à Paris les faire décrypter par Emile Hoffet [3]. Suite au décryptage [4], Saunière achète au Louvre des reproductions de toiles de Poussin et Téniers, rentre à Rennes et découvre le trésor au lieu-dit Pla de la Coste. Il efface simultanément les inscriptions figurant sur la tombe de la Marquise. Il peut alors rénover l'église et entreprendre ses constructions privées. Mais le vent tourne et le nouvel évêque, Monseigneur de Beauséjour, commence à lui demander des comptes… etc.

La brochure se termine par une révélation sur l'origine du trésor. Il est de nature mérovingienne, comme l'atteste la tête sculptée avec la tête de Dagobert II située près du lieu de la découverte (cf *Pierres Gravées du Languedoc*). La brochure propose en annexe un extrait de l'ouvrage d'Henri Lobineau, *L'Histoire du Secret du Razès*, reprenant toute la généalogie mérovingienne à partir du fils de Dagobert II, Sigebert IV, venu se réfugier dans le Razès après l'assassinat de son père dans la forêt de Stenay. Le nom de Plantard est instillé

---

[1] Des litanies à Notre-Dame et deux passages des évangiles (Saint Luc et Saint Jean).

[2] Il a été prouvé par la suite que l'abbé Bigou n'était pas décédé en Espagne, mais à Collioure.

[3] Incidente : on apprend par Henri Lobineau (cité) que c'est ce même Hoffet qui a mis Roger Lhomoy sur la piste du trésor de Gisors.

[4] Bergère pas de tentation, que Poussin et Teniers gardent la clef – pax DCLXX – Par la croix et le cheval de Dieu – J'achève ce daemon de gardien à midi – pommes bleues.

à petites touches dans cette étude.

1965, La famille Corbu revend le domaine à Henri Buthion.

1966, lors de recherches effectuées en avril dans l'autel de l'oratoire privé de la villa Béthanie, un ami d'Henri Buthion met à jour un tube de bambou contenant deux documents roulés. Il s'agit du cryptogramme dit du Sot Pêcheur, qui sera repris par Gérard de Sède dans son ouvrage *L'Or de Rennes,* et qui donnera lieu à de nombreuses et infructueuses tentatives de déchiffrage.

1966, publication de *Extrait de la Semaine Catholique de Genève* du 22 octobre (PS). Dans ce bulletin qui n'existe pas, on parle, sous la signature de Lionel Burrus, du décès d'un certain Henri Lobineau, de son vrai nom Léo Schidlof. Pourquoi ? Parce que cette personne aurait écrit un ouvrage sur la généalogie mérovingienne et son lien avec l'affaire de Rennes, et plus particulièrement sur la descendance de Dagobert II. Ouvrage fortement attaqué par le Vatican. Et comment Lobineau aurait-il eu ces informations ? Par son ami Emile Hoffet, lequel avait rencontré Saunière à Paris lors de sa visite pour faire décrypter les parchemins découverts dans l'église.

1966, publication de *L'Affaire de Rennes-le-Château, réponse à Lionel Burrus,* par S. Roux [1], 5 novembre (PS). Un texte anecdotique qui se veut polémique en réponse au document précédent. Lionel Burrus est un enfant gâté et le Bulletin dans lequel il a publié est un périodique confidentiel financé par son père. Le Vatican est parfaitement au courant de l'affaire de la descendance mérovingienne, mais ce que n'a pas vu le fiston, c'est que : *le retour d'un descendant mérovingien au pouvoir serait pour la France la proclamation d'un état populaire allié à l'Union Soviétique, avec le triomphe de la Franc-Maçonnerie.* C'est aussi dans ce document qu'est dénoncée la perfidie de la publicité mérovingienne en France, prenant l'exemple de celle des pétroles Antar qui montre une sorte de guerrier gaulois avec un bouclier orné d'une fleur de lys… sur une pompe à essence. Difficile de garder son sérieux !

1967, Rédaction en avril du « Rapport Cholet » (cf 1959).

1967, publication de l'ouvrage « fondateur » de Gérard de Sède, ***L'Or de Rennes,*** qui va révéler l'affaire au grand public (Julliard, réédition 2007 Éditions de l'Œil du Sphinx).

1967, publication de *Au Pays de la Reine Blanche,* œuvre d'un certain Nicolas Beaucéant (PS), délicieux pseudonyme, et qui porte la date d'octobre 1967. Un court document sans grand intérêt qui s'interroge sur la signification de la « baignoire de la Reine Blanche » à Rennes-les-Bains, avant de zapper sur le cromlech bizarroïde de Boudet pour finir sur les légendes de trésor qui hantent

---

[1] Supposé être le pseudonyme de l'abbé Georges de Nantes.

la région.

1967, publication de *Le Serpent Rouge, notes sur Saint-Germain-des-Près et Saint-Sulpice de Paris,* par Pierre Feugère, Louis Saint-Maxent et Gaston de Koker (PS, Pontoise, 1967). Ce document sent le souffre, mais un souffre frelaté, nauséabond. Les trois supposés auteurs se sont en effet suicidés (par pendaison) le même jour, et on imagine sans peine les travaux d'investigation qu'il a fallu faire dans les morgues de la région parisienne pour densifier le mystère ! Cela dit, et cette très mauvaise blague macabre mise à part, nous sommes là en présence d'un chef d'œuvre d'ésotérisme frelaté, sorte de long poème alchimique autour des 12 signes du zodiaque. On y rencontre le nautonier de l'arche impérissable, la Reine d'un royaume disparu, Isis, Poussin, Delacroix ; on y cite « par ce signe, tu le vaincras », « et in arcadia ego » ; on se promène dans l'église de Saint-Sulpice… Certains y retrouveront la profondeur de la pensée hermétique d'un certain Pierre Plantard !

1967, publication des *Dossiers Secrets* d'Henri Lobineau (PS, publié par Philippe Toscan du Plantier, 1967). L'introduction est signée Edmond Albe et constitue un étrange melting pot d'agitation viticole dans le Languedoc et de parchemins découverts par Saunière. On y apprend aussi que les documents d'Henri Lobineau ont été transportés par un certain Faknar ul Islam, retrouvé assassiné en 1967 sur le ballast de la voie ferrée près de Melun.

Quant au contenu, on y trouve une lettre de la *Ligue Internationale de la Librairie Ancienne* à Marius Fatin, propriétaire du château de Rennes, l'informant que sa demeure est historique car le fils de Dagobert II y avait trouvé refuge. Suivent une série de documents généalogiques et la liste des Grands Maîtres du Prieuré de Sion.

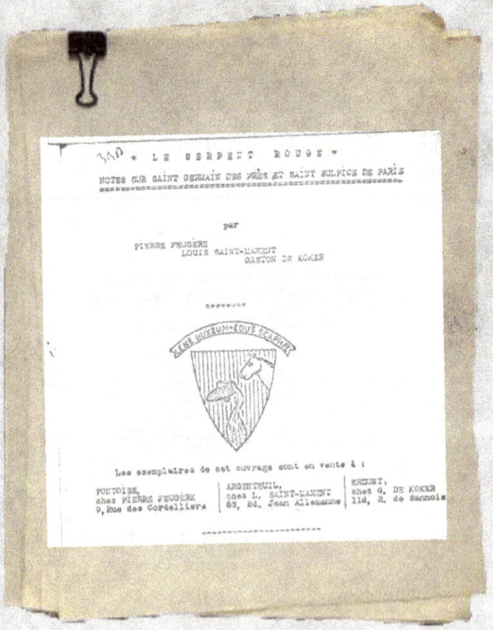

1968, Noël Corbu trouve la mort le 20 mai dans un accident de voiture au carrefour de Prouille.

1969, réédition au format poche de l'ouvrage de Gérard de Sède sous le titre *Le Trésor Maudit de Rennes-le-Château* (Jai Lu, réédition 2007 par les Éditions de l'Œil du Sphinx).

1971, publication du mémoire de René Descadeillas, *Mythologie du*

Trésor de Rennes-le-Château.

1972, premier documentaire signé Henry Lincoln à la BBC sur le mystère du Razès : *The last Treasure of Jerusalem.*

1973, second documentaire de Henry Lincoln pour la BBC : *The Priest, the Devil and the Painter.*

1973, publication par Gérard de Sède de **La Race Fabuleuse** (J'ai Lu) qui tente de donner un corps historique aux légendes mérovingiennes qui viennent d'envahir l'affaire de Rennes.

1973, Jean-Luc Chaumeil publie un numéro de « Charivari » sur *Les archives du Prieuré de Sion.*

1973, publication de *Les dessous d'une ambition politique* de Mathieu Paoli (Éditeurs associés), premier ouvrage de « débunking » de l'affaire du Prieuré de Sion.

1974, nouvelle émission à la télévision française (ORTF) sur l'affaire : *Les Énigmes de Rennes-le-Château* (Jean-Jacques Sirkis).

1974, sortie d'une nouvelle édition étoffée de l'ouvrage critique de René Descadeillas, **Mythologie du Trésor de Rennes** (Société des Arts et des Sciences de Carcassonne, réédition Collot 1991).

1975, Gérard de Sède répond à René Descadeillas dans *Le Vrai Dossier de l'Énigme de Rennes* (Éditions de l'Octogone).

1975, publication par Philippe de Cherisey de *L'Or de Rennes pour un Napoléon* (autoédition).

1977, publication d'une nouvelle version de l'ouvrage « fondateur » de Gérard de Sède sous le titre de **Signé Rose-Croix** (réédition 2007 par les Éditions de l'Œil du Sphinx).

1977, publication d'un nouvel apocryphe, *Le Cercle d'Ulysse*, signé Jean Delaude (PS). Le pseudonyme donne le ton général, celui de la grosse farce. On y retrace la belle histoire de Bérenger Saunière qui trouve un petit trésor et de savoureux parchemins (documents généalogiques [1]) qu'il part faire décrypter à Paris. Parchemins qui se retrouveront dans l'héritage que recevra sa tante James de Montazels, laquelle les vendra à une Ligue Internationale de la Librairie Ancienne. On y apprend ensuite que Pierre Plantard rend visite à <u>Marie Denarnaud</u> en 1938 et récupère chez elle de nombreux documents…

[1] Généalogie des Comtes de Rhedae datant de 1243 (sceau de Blanche de Castille) ; un complément de 1608 (sceau de François-Pierre d'Hautpoul ; testament d'Henri d'Hautpoul de 1695).

Puis à Noël Corbu en 1966. Les vrais parchemins sont bien sûr ces documents généalogiques, ceux cités par de Sède étant des faux fabriqués par de Chérisey. On zappe ensuite sur la dalle de la Dame de Blanchefort pour arriver par un cheminement incompréhensible au fait que le rejeton ardent de la lignée des Mérovingiens s'est réfugié dans le Razès. Le tout se terminant par une ouverture sur un mystérieux Prieuré de Sion !

1977, publication par Philippe de Chérisey de *L'Énigme de Rennes* (autoédition) dans laquelle il raconte notamment comment il a « intoxiqué » Gérard de Sède.

1978, publication de **Rennes-le-Château, étude critique** par Franck Marie (Vérités Anciennes), première analyse sérieuse et documentée sur l'état de l'affaire telle que connue à l'époque.

1978, Brigitte Lescure, dans le cadre d'un mémoire de maîtrise en Histoire de l'Art, présente à l'université de Toulouse-le-Mirail *Recherches archéologiques à* Rennes-le-Château *(Aude) du VIIIe au XVIe siècle*. C'est à ce jour la seule étude archéologique qui ait été entreprise sur l'église, les fortifications et le château de Rennes.

1978, Louis Vazart publie *Les Gouvernants et Rois de France* (autoédition) dans lequel il reprend toutes les généalogies royales pour accréditer la thèse de l'héritier caché de la lignée mérovingienne. Le même Louis Vazart fondera parallèlement à Stenay le Cercle Saint Dagobert II, chargé de préserver la mémoire mérovingienne. Ce cercle existe toujours et s'est transformé au fil du temps en société d'histoire locale.

1979, sortie sur la BBC du troisième documentaire de Henry Lincoln : *The Shadow of the Templars*.

1980, les éditions Atlas publient un ouvrage richement illustré, **Rennes-le-Château, capitale secrète de l'Histoire de France** par Jean-Pierre Deloux et Jacques Brétigny. Une sorte d'histoire « officielle » de l'affaire de Rennes à la lumière du Prieuré de Sion.

1981, François Mitterand, alors en campagne présidentielle, visite le village.

1982, publication de l'ouvrage de Lincoln, Baigent et Leigh, **L'Énigme Sacrée** (version française publiée en 1993 chez Pygmalion). Une véritable bombe éditoriale qui nous révèle que les mérovingiens pourraient être les descendants de Jésus et de Marie-Madeleine. Cet ouvrage va ouvrir un nouveau courant de la recherche castelrennaise : le secret de l'abbé Saunière pourrait être de nature sacrée…

1982, avec **Rennes-le-Château, la Colline Envoûtée** (Guy Trédaniel, 1982),

Jean Robin apporte incontestablement une pierre importante à l'étude du Mythe. Il nous est proposé en effet un travail méticuleux de « débunking » de l'affaire Plantard et du Prieuré de Sion, un démontage quasi mécanique de la supercherie dont fut victime Gérard de Sède. Rien ne résiste aux outils de chirurgien de Jean Robin, faux manuscrits, parchemins trafiqués, stèle et dalles douteuses, citations inventées, personnages fabriqués…etc. Avec au fond de la bouche, un goût amer, celui d'avoir rêvé avec les livres de Gérard de Sède, et celui d'avoir vu le rêve s'écrouler.

1983, le dentiste belge Paul Rouelle autoédite *Court-Circuit, d'Orval à Rennes-le-Château* (réédition Les Editions de l'Œil du Sphinx, 2010). Influencé par Philippe de Cherisey, cet ouvrage analyse de curieuses résonances entre Rennes-le-Château et la Belgique.

1983, Le livre de Jacques Rivière, *Le Fabuleux Trésor de Rennes-le-Château* (Belisane) est en quelque sorte situé à 180 degrés par rapport à celui de Gérard de Sède. Des faits, précis, avec de très nombreuses copies des comptes, lettres et autres documents du procès de l'abbé BS. Pas de parchemin mystérieux, de trésor enfoui ou de piste « dynastique ». Mais des faits. Les factures de chacune des « constructions » sont épluchées, ainsi que les livres de comptes… Le résultat ; il manque bien « quelque chose » pour expliquer le train de vie fastueux de l'abbé, mais ce « trou » n'est-il pas explicable par les générosités de toute une aristocratie nostalgique séduite par son projet d'édifier une « ville sainte » ?

1984, sortie chez Payot de *Jules Verne, initié et initiateur*, livre dans lequel Michel Lamy tire des traits curieux mais intéressants entre la littérature populaire et l'affaire de Rennes.

1985, décès le 17 juillet de Philippe de Chérisey.

1985, Claire Corbu et Antoine Captier publient chez Bélisane *L'Héritage de l'abbé Saunière.* Un ouvrage richement documenté car basé sur les souvenirs des anciens du village et sur les archives de l'abbé détenues par la famille Corbu.

1986, publication du roman de Jean-Michel Thibaux *Les Tentations de l'abbé Saunière*, suivi en 1987 de *L'Or du Diable* (Olivier Orban). Il s'agit de la première fiction castelrennaise qui donnera lieu à une série télévisée *L'Or du Diable* diffusée pour la première fois sur FR3 en 1988 avec Jean-François Balmer dans le rôle du prêtre et

Arielle Dombasle dans celui d'Emma Calvé.

1988, destruction du Tombeau des Pontils le 9 avril, les propriétaires du terrain en ayant assez des fouilles pirates opérées par les chercheurs de trésor.

1988, Gérard de Sède publie chez Robert Laffont ***Rennes-le-Château, le dossier, les impostures, les fantasmes et les hypothèses.*** Un mea-culpa sur fond de dénonciation de la manipulation dont il a fait l'objet de la part de Pierre Plantard et Philippe de Chérisey.

1989, l'association Terre de Rhedae voit le jour sous la présidence de Claire Corbu. Elle crée le musée Bérenger Saunière, effectue des restaurations au presbytère et lance un bulletin annuel de qualité qui existe encore aujourd'hui.

1990, Jean-Jacques Bedu publie ***Rennes-le-Château, autopsie d'un mythe*** (Loubatière), un ouvrage très critique qui fait suite aux travaux de René Descadeillas : l'affaire se résume à un banal trafic de messes.

1990, Jos Bertaulet, un chercheur belge, publie *De Verloren Koning en de Bronnen van de Gralllegende* qui est le premier à établir un lien entre Rennes-le-Château et le sanctuaire de Notre-Dame de Marceille à Limoux.

1992, après Michel Lamy, c'est autour de Patrick Ferté de tisser des liens entre l'affaire et la littérature populaire avec ***Arsène Lupin, Supérieur Inconnu*** (Guy Trédaniel).

1994, le décor intérieur de l'église du village est inscrit aux Monuments Historiques.

1995, publication de la première bande dessinée castelrennaise, ***Rennes-le-Château, le secret de l'Abbé Saunière*** par Antoine et Marcel Captier, et Michel Marrot (Bélisane, réédition revue et complétée par les Éditions de l'Œil du Sphinx 2007).

1995, sortie du livre de Dumas et Réglat, *Le Monastère dynamité*, (Éditions de la Truelle, Pouech, 09200 Moulis), un ouvrage tout à fait intéressant qui montre qu'il y a eu, à la même époque, d'autres affaires similaires à Rennes (ici en Ariège, commune de Baulou).

1996, à souligner la sortie du livre de Vinciane Denis, ***Rennes-le-Château, le trésor de l'abbé Saunière,*** chez Marabout (collection Histoire et Mystères), qui essaye fort scrupuleusement de faire la part du mythe et de la vérité.

1997, à relever aussi la publication du livre de Guy Mathelié-Guinlet, ***Rennes-le-Château ou le mystérieux trésor de l'abbé Saunière,*** chez Aubéron, qui nous aide à remettre les pendules à l'heure et à faire la part des choses entre un fatras de délires et les seuls faits historiques. Et l'enquête est étonnante.

1997, l'ouvrage d'Henry Lincoln *La Clef de l'Énigme Sacrée* (1997 en version anglaise, 1998 chez Pygmalion) mérite une attention particulière ; en effet, tout comme Gérard de Sède, Henry Lincoln fait son mea culpa et dénonce la mystification dont il a fait l'objet.

1999, divers travaux de restauration du domaine sont entrepris, à la demande de la municipalité, sous la conduite d'Alain Féral.

2000, décès de Pierre Plantard le 3 février.

2003, restauration « fantaisiste » de la chapelle privée de l'abbé qui dénature l'œuvre originale.

2003, il fallait le faire… Dan Brown l'a fait en consacrant un énorme thriller (454 pages) au Prieuré de Sion ! *The Da Vinci Code* (Bantam Press, mars 2004 pour sa version française chez J.C. Lattès) sera assurément le best seller des années 2003-2006 [1]. Un roman fortement inspiré par *L'Énigme Sacrée* qui réalisera le tour de force de mettre en scène la thèse « sacrée » de l'affaire de Rennes-le-Château sans jamais prononcer une fois le nom du village. Et qui amènera des cohortes de touristes sur la colline, en quête du tombeau de Marie-Madeleine !!!

2004, décès le 30 juin de Gérard de Sède.

2004, déplacement très critiqué de la tombe de l'abbé Saunière du cimetière municipal au domaine. Opération menée à la hussarde par le maire de l'époque, à « la demande » de la famille de l'abbé (en fait deux personnes seulement alors que la famille se compose de plusieurs dizaines de personnes). Il faut désormais payer le ticket d'entrée pour voir la dite tombe.

2004, Laurent Buchholtzer, bien connu des internautes sous le nom d'Octonovo, donne une conférence (Vendredi 13 août) à la Table de l'Abbé sur « **la comptabilité de l'abbé Saunière** ». Un travail qui trouve sa source dans une étrange histoire au dénouement sympathique : un gros paquet de documents de la main de notre curé dérobé à l'époque Buthion (1978), mais retrouvé aux Archives Départementales de l'Aude par notre chercheur. Des documents qui ont trait à la comptabilité de l'abbé Saunière, mais aussi à sa correspondance. Ils couvrent la période de septembre 1897 à 1915 [2]… La période suivante a été étudiée par Pierre Jarnac (1915-1917, cf *Cahier de Correspondance de Bérenger Saunière*, collection « couleur ocre »). Les documents afférents à la période précédente sont encore, pour l'essentiel, dans la « nature ».

2005, le chercheur allemand Wieland Willker de l'université de Brême publie sur internet une étude dans laquelle il analyse les sources du « Petit Parche-

---

[1] Le film réalisé à partir de ce roman est sorti sur les écrans en mai 2006.

[2] Ces documents ont été authentifiés par Pierre Jarnac et Antoine Captier.

min ». *Le codex Bezae* se retrouve au cœur de l'intrigue, à cause du pastiche de quatre de ses versets latins (Luc 6:1-4). La planche correspondant à ces versets avait été éditée en 1895 dans le dictionnaire de Fulcran Vigouroux ; c'est là que l'aurait reprise le faussaire afin de glisser un code secret entre les mots. Ne connaissant pas le latin, il aurait interprété à tort certains jambages de lettres et lu, par exemple, ILLIRIS au lieu de ILLIUS, datant ainsi sa contrefaçon d'une époque toute récente.

2005, Jean-Luc Robin, avec **Le Secret de Saunière** (Sud Ouest), nous donne un ouvrage sur notre affaire qui mêle astucieusement la thèse et les souvenirs sur fond de passion communicative. On pourra certes trouver la thèse du « secret dynastique » plus romantique que rationnelle. On pourra également hausser les sourcils en voyant comment l'auteur a récupéré un certain nombre d'éléments discutables de la « belle histoire ». Mais Jean-Luc a pris le parti de préserver le rêve, et qui pourrait le lui reprocher ! Ce qui l'autorise, avec beaucoup de férocité, à dénoncer les faussaires patentés de l'affaire, faisant circuler des parchemins douteux ou exploitant une maquette qui s'apparente à « une bouse de mammouth fossilisée ». Car notre ami, que ce soit lors de la gestion du domaine puis à l'occasion de l'animation de la Table de l'Abbé, a vu défiler tout ce que la saunièrologie compte comme corps de métiers. Et quand on sait qu'il a vécu durant de nombreuses années dans les murs du mystère, on comprendra pourquoi son livre déborde de tendresse à l'égard de notre brave curé. Est-il nécessaire d'ajouter que l'objet est beau et les photos magnifiques ?

2005, Dominique Dubois publie *Rennes-le-Château, l'Occultisme et les Sociétés Secrètes* (Editions de l'Œil du Sphinx) dans lequel il dénonce les amalgames souvent effectués sur ce type de sujet.

2005, publication sous forme de CD-ROM de *Au Tombeau des Seigneurs* (Arkhéos) par l'architecte belge Paul Saussez. Un travail remarquable sur l'église du village mettant en évidence l'existence d'une crypte en sous-sol. Cette recherche a été récompensée par la remise du prix Bérenger Saunière attribué annuellement par l'Association pour les Recherches Thématiques sur Bérenger Saunière (ARTBS)

2006, Jean-Luc Robin fonde l'APARC (association pour la préservation de l'âme de Rennes-le-Château), en réaction à la politique contestable en matière de préservation du patrimoine du maire de l'époque. Suite au décès en 2008 de son fondateur, la présidence est reprise par André Galaup. Henry Lincoln en est le président d'honneur.

2006, Pour un titre, c'est un titre ! Jean-Luc Chaumeil signe en effet *Rennes-le-Château, Gisors ; le Testament du Prieuré de Sion ; le Crépuscule d'une Ténébreuse Affaire* (Pégase). Un document attendu par tous les passionnés de l'affaire, l'auteur ayant annoncé depuis longtemps qu'il détenait l'original des vrais faux parchemins et un texte de Philippe de Cherisey, *Pierre et Papier,* expliquant comment il avait fabriqué la « grosse farce ».

Venons en donc au cœur du sujet, en nous demandant ce qu'il y a d'original dans le texte du Marquis. On sait en effet depuis longtemps que Philippe de Cherisey s'est attribué la paternité de la mystification (*L'Enigme de Rennes,* Philippe de Cherisey, 1977 ; *La Colline Envoûtée,* Jean Robin, 1982 ; etc) ; on sait également depuis quelques décades que les parchemins ont été cryptés par la méthode dite de la clef Vigenère (*Signé Rose Croix* de Gérard de Sède, 1977 etc). Alors quoi de neuf ? Une chose fondamentale, à savoir que le mystificateur est particulièrement fier de lui, que ce qu'il a fait est une œuvre de génie et que tous les arômes de sa plaisanterie bien grasse n'ont pas encore été appréciés par tous. C'est ainsi que « Reddis Regis Cellis Arcis » a été inventé lors du tournage d'un film où le comédien jouait le rôle d'un curé gascon faisant la tournée des bordels de Pigalle. Ou encore que « pommes bleues » est un cocktail entre « la terre est bleue comme une orange » de Paul Eluard et *l'Ange Bleu* de Joseph Sternberg. Du reste, Marlène Dietrich, la Lola du film, ne renvoie t'elle pas à Marie-Madeleine la pécheresse ?

Arrêtons là, car la liste pourrait être longue. Sur le plan qui nous intéresse, on apprendra que si le petit parchemin a été fabriqué à partir d'un extrait de l'évangile de Jean, le grand est un montage basé sur des textes de Luc, Matthieu et Marc. On y lira aussi avec curiosité que l'affaire de la tombe dite de la Marquise est partie intégrante de la machination. La brochure de Stüblein déposée à la BNF est une des créations du Marquis. Tout comme le rapport d'E. Cros, un faux qu'il a fait passer à Noël Corbu avec les parchemins. Reste l'article du *Bulletin des Etudes Scientifiques de l'Aude* au sujet duquel il laisse planer le doute… Bon, je ne suis pas persuadé qu'un tel ouvrage sonne, comme l'indique un de ses nombreux titres, le crépuscule de l'affaire. Comment s'articulent ces révélations avec les travaux sur le *Codex Bezae* ? Bref, il reste heureusement matière à faire encore couler beaucoup d'encre et à entretenir le rêve.

2006, après le succès planétaire du *Da Vinci Code,* la fiction castelrennaise est devenue un genre littéraire à part entière. Un exemple, parmi des dizaines de titres : un thriller à l'anglo-saxonne se doit d'être énorme. *Sépulcre* de Kate Mosse (Orion books 2006, JC Lattès 2008) n'échappe pas à la règle avec ses 634 pages. Mais si le début est quelque peu laborieux, la magie se met rapidement à opérer et il devient de plus en plus difficile de quitter l'ouvrage. Car c'est la station de Rennes-les-Bains qui est sans conteste l'héroïne de l'histoire, un village qui ne cesse de zapper entre la période contemporaine et celle de Boudet, au gré des deux trames temporelles qui sont le ressort de l'énigme. On y découvrira un étrange domaine, le domaine de la Cade, à proximité de Sougraigne et du lac de Barrenc. Un domaine qui abrite un inquiétant sépulcre, sorte de chapelle maudite dont un certain Bérenger Saunière se serait inspiré pour agencer l'église de la Rennes d'en-haut. Et on plongera avec effroi dans un univers de symboles, s'articulant autour d'un curieux tarot et d'une partition musicale aux origines improbables. Il y a du Lovecraft dans la démarche, et comme dans *La Musique d'Erich Zann,* les mélodies, signées ici de Debussy, ouvrent d'inquiétantes portes temporelles.

Une réussite assurément, même si Henri Boudet est étonnamment absent de l'aventure, au profit il est vrai d'un Saunière considéré comme le grand érudit local.

2007, les équipes de l'association l'Œil du Sphinx mettent en évidence dans l'église de Vals (Ariège) de tombes dont les dalles sont recouvertes d'inscriptions qui ne sont pas sans évoquer celles trouvées sur celle de la Marquise d'Hautpoul. Fait plus troublant, une photo de ces inscriptions figure, sous le timbre de Pierre Plantard, dans les documents préparatoires à la rédaction de *L'Or de Rennes* de Gérard de Sède (cf communication au Colloque 2007 de l'ARTBS, éditions de l'Œil du Sphinx).

2007, Patrice Chaplin (la belle-fille de Charlot) tente de lancer une nouvelle mystification avec *City of Secrets* [1] (Robinson). Un livre bourré de faux grossiers (lettres de Saunière et photos) qui nous explique que l'abbé avait une maîtresse à Gérone, en Espagne. Une française, qui habitait dans un domaine derrière la cathédrale de la ville où se dressait une « tour Magdala » qui aurait inspiré le prêtre dans ses propres constructions.

2008, Laurent Buchholtzer dit Octonovo publie la synthèse de ses travaux dans ***Rennes-le-Château, une Affaire paradoxale*** (Éditions de l'Œil du Sphinx, Paris avril 2008). Un travail rigoureux, fondé sur une documentation incontestable (cf supra), qui montre que si Bérenger Saunière était passé maître dans l'art du trafic de messes et de la sollicitation de dons, sa gestion financière était pour le moins déroutante. Il en ressort l'hypothèse

La Tour de Gérone

[1] Merci à Robin Crookshank Hilton pour m'avoir procuré ce bouquin dont un premier exemplaire m'avait été emprunté sans retour…

qu'une plate-forme financière existait, à l'ombre d'une discrète société religieuse, et à laquelle participait activement le pasteur castelrennais. Mais dans quel but ?

2008. Un « chercheur » français, André Douzet, s'est particulièrement illustré, au milieu des années 90, dans le créneau de la « saunièrologie sacrée », et ce de façon souvent sulfureuse. Ses travaux, jusqu'à la récente publication d'un ouvrage de synthèse *La Quête de Saunière, de Rennes-le-Château à Périllos* (Bussière 2008, cosigné par Philip Coppens) n'étaient pas d'accès commode, car édités par de petites maisons qui ont disparu, ou par l'auteur lui-même [1]. La thèse qui nous est présentée est en effet totalement fantastique : Saunière aurait commandé à un fondeur, à la fin de sa vie, une maquette topographique, représentant la région d'Opoul/Périllos, et localisant deux tombeaux, ceux de Joseph d'Arimathie et de Jésus-Christ. Mais l'auteur n'a jamais montré, autrement que par des photocopies tronquées, les pièces écrites confortant ses conclusions. Il en est ainsi d'un courrier de l'abbé au fondeur, demandant des modifications sur l'objet. Il en est de même pour un registre notarial de 1632, connu sous le nom de « Courtade », et qui aurait qualifié les parcelles de terrains concernées comme étant inaliénables et indivisibles, car abritant un tombeau « historique ». Mais si le livre est régulièrement exhibé, la page concernée n'a jamais été produite [2]. Prudence ou mystification ? Les travaux de deux chercheurs français, Patrick Mensior et Laurent Octonovo, ont permis de classer définitivement ce dossier dans la catégorie de la

supercherie. La fameuse maquette n'est en effet rien d'autre qu'un objet de série, à vocation pédagogico-religieuse, commandée par un père franciscain, Émile Dubois, à Jérusalem en 1904. Quant à la comptabilité et au courrier de l'abbé Saunière, ils ne font aucune référence à une telle affaire.

Un « nouveau chercheur » fait son apparition au milieu des années 2000, sous le pseudonyme d'Isaac Ben Jacob (Christophe Rousselle de la Perrière), dans la galaxie éditoriale de la « Société Périllos » (site internet www.societe-petillos.com, revue *Les Carnets Secrets,* éditions France Secret et Adventures Unlimited Press). La somme des travaux de ce curieux personnage sera publiée par cette maison d'édition sous le titre *The Rise: Saunières Magical Wor-*

[1] De façon paradoxale, le seul livre ayant connu une certaine diffusion a été publié en anglais (!) par Frontier Publishing (2001) sous le titre *Saunière's Model and the secret of RLC.*
[2] Ce document circule désormais sur internet grâce aux bons soins d'un « ami » d'André Douzet.

kings and the Penitential Movement in Europe (2008). Bérenger Saunière était un héritier de la théologie dualiste des cathares et un praticien du culte des morts d'où il tirait de conséquents revenus. Il nous explique avec sérieux que Saunière avait envisagé de faire de la villa Béthanie une maison de retraite pour personnes âgées, afin d'avoir sous la main la matière première pour les sombres rituels mortuaires qu'il affectionnait.

2009-2010, mise en évidence, par le chercheur Christian Doumergue, des liens ayant existé entre Alfred Saunière, frère de Bérenger et le Cercle Catholique de Narbonne, plate-forme sociale et financière de résistance à la République (cf *Bulletins de l'association Terre de Rhedae).*

2010, travaux de restauration de la tour Magdala.

2011, travaux de restauration du jardin du Domaine de l'Abbé.

2011, juillet. Une nouvelle bombe éclate dans les cieux castelrennais : on aurait trouvé la cache du trésor [1], qui ne serait autre que celui des wisigoths. C'est du moins ce qu'affirme Michel Vallet (Pierre Jarnac) sur internet, sur fond de règlement de compte avec deux autres « chercheurs ». On l'aura compris, il y a de la grouille dans l'équipe, et l'initiative de deux d'entre eux de publier le résultat de leurs recherches en abandonnant le troisième a conduit à l'explosion. L'ouvrage : L'Or de Rennes, quand Poussin et Teniers donnen*t la clef de Rennes-le-Château,* Didier Hericart de Thury et Franck Daffos, chez Arqa. Un livre de 114 pages dont 25 pages réservées à l'éditeur pour une préface ampoulée et 28 pages d'annexes publiées par ailleurs de façon beaucoup plus détaillée par Pierre Jarnac, et ce au même moment (*Giscard, statuaire à Toulouse, la Passion des Chemins de Croix,* éditions Pégase). Il s'agit en fait chez Arqa de quelques pages de « teasing » dans lesquelles, sur un ton du reste très agressif, on dit sans dire. Une façon de prendre date par un cheminement on ne peut plus curieux : Nicolas Pavillon était au courant du grand secret et il a commandité à Poussin et à Teniers des tableaux codés pour conserver au travers du temps l'emplacement de la cache. Les auteurs rajoutent une petite louche de *Codex Bezae* qui indiquerait de quel Teniers il s'agit, font intervenir Célestin V pour donner une date clef, laissent entendre que Boudet dans sa *Vraie Langue Celtique,* mais chut... Quoiqu'il en soit, cette soi-disant découverte fera la une de la presse locale mais aussi du *Parisien Libéré* et amènera les équipes du journal télévisé de TF1 à venir enquêter sur place.

2011, septembre. Le Conseil Municipal du village mandate l'architecte belge, Paul Saussez, pour monter un dossier de demande d'autorisation de fouilles auprès de la DRAC. Il s'agirait ici de faire une fois pour toutes la lumière sur ce que renferme le sous-sol de l'église (Crypte, Tombeau des Seigneurs).

---

[1] Il s'agit en l'occurrence du lieu dit le pic d'*En-Couty* près de Sougraigne.

Empoignades autour du trésor de tous les fantasmes
LE FAIT DU JOUR
Les hypothèses les plus folles
L'énigmatique curé de Rennes-le-Château
La grotte de la discorde
« C'est devenu la capitale mondiale des mystères »
Le succès des produits dérivés
le Parisien

Annexe 4

Bibliographie
Holmésienne

par Yves Lignon

Les personnages de Sherlock Holmes et du docteur Watson ont été créés par Sir Arthur Conan Doyle (1859-1930), médecin devenu romancier, qui les a mis en scène dans quatre romans et cinquante-six nouvelles réunies en cinq recueils :

Une Etude en Rouge (roman, 1887), *Le signe des Quatre* (roman, 1890), *Les Aventures de Sherlock Holmes* (nouvelles, 1892), *Les Mémoires de Sherlock Holmes* (nouvelles, 1893), *Le chien des Baskerville* (roman, 1902), *Le Retour de Sherlock Holmes* (nouvelles, 1905), *La Vallée de la Peur* (roman, 1915), *Son dernier coup d'archet* (nouvelles, 1917), *Archives sur Sherlock Holmes* (nouvelles, 1927).

Une traduction française intégrale a été publiée, en 1959 (année du centenaire de l'auteur), par les éditions Robert Laffont. Elle est toujours disponible dans la collection Bouquins (deux volumes) et en Livre de Poche, mais on préférera (si on peut se la procurer) la récente version bilingue, en trois tomes, proposée par Eric Wittersheim chez Omnibus (trois volumes publiés de 2005 à 2007). Cette édition reproduit, de plus, les illustrations d'origine.

Meilleur marché, Librio a repris divers extraits de la saga holmesienne traduits, à la fin de la Seconde Guerre Mondiale, pour l'éditeur lyonnais André Martel.

De nombreux auteurs ont proposé des suites et pastiches. D'une production surabondante, dans laquelle le pire est infiniment plus facile à trouver que le meilleur, on peut retenir les titres de René Réouven : *Elémentaire, mon cher Holmes* (sous le pseudonyme d'Albert Davidson), *Les passe-temps de Sherlock Holmes*, *L'assassin du Boulevard*, *Le détective volé*, *Le bestiaire de Sherlock Holmes* publiés chez Denoël (de 1982 à 1989), ceux de Michael Hardwick : *La vie privée de Sherlock Holmes* (avec Mollie Hardwick, Librairie des Champs-Elysées, 1972) , *Sherlock Holmes et le prisonnier de l'Ile du Diable* (Balland, 1980) celui de Jo Soares *Elémentaire ma chère Sarah* (Calmann-Lévy, 1997) ainsi que, aux éditions de l'Oeil du Sphinx, *Les Vierges de Glace* (2007) ct *Mycroft's testimony* (2009) de Sophie Bellocq-Poulonis. Au catalogue d'un éditeur de Pau, Le Pin à Crochets, on trouve le récit de *La jeunesse de Sherlock Holmes* par François Pardeilhan (5 tomes depuis 2003).

Conan Doyle est également l'auteur d'un grand nombre de contes, nouvelles et romans de genres variés (mœurs, aventures, fantastique). Ses romans historiques, tous de qualité, ont connu un grand succès en leur temps et, à la fin de sa carrière, il a imaginé, avec le cycle du Professeur Challenger, un personnage aussi vivant que Sherlock Holmes (voir compléments sur Wikipédia).

REMERCIEMENTS

Sir Arthur Conan Doyle, Joseph Giscard dit le dernier, Georges Labit, Bérenger Saunière et… Claude Nougaro parce que, sans personnages véridiques, je n'aurais pas su inventer cette histoire.

Dominique Delpiroux, Patrick A.Dumas, Robert Graham, Philippe Marlin, Richard D. Nolane et Olivier Roman.

José Biosca (groupe *La Dépêche du Midi*) pour l'article de Dominique Delpiroux.

Sidney Paget, in memoriam.

Les Lignon juniors (collaboration technique).

Marie-Christine, présence essentielle dans ma vie.

LES ÉDITIONS DE
L'ŒIL DU SPHINX

36-42 rue de la Villette
75019 Paris
Tél 09.75.32.33.55
Fax 01.42.01.05.38
Email ods@oeildusphinx.com
Web www.oeildusphinx.com

Retrouvez-nous sur :
http://www.facebook.com/oeildusphinx

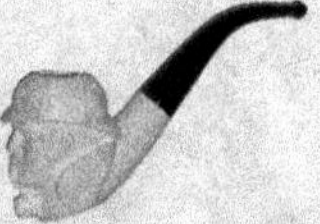

Achevé d'imprimer par kdp 2023